시절한시

흔들리는 삶에 건네는
서른여덟 편의 한시 이야기

時節漢詩

시절한시

이지운 지음

유노
라이프
LIFE

한시가 당신의 삶에 들어온다면

나는 오랫동안 일로써 한시를 읽었다. 시험 치고 논문 쓰고 번역하며 읽었던 한시는 좋은 작품이었지만 나의 삶에 직접 간여하지는 않았다. 일은 일이고 나의 삶은 다른 얘기였다. 그러다 덜컥 중병에 걸렸고 오랜 치료를 받으며 아무것도 할 수 없게 되자 오래 알고 지냈던 친구인 한시에 손이 갔다. 사실 두꺼운 책을 읽기엔 체력이 달렸고 무엇보다 삶과 죽음에 대한 실존적 고민으로 머리도 무거웠으므로 겨우 짧은 한시나 읽을 수 있었던 현실적 이유가 컸다. 별 기대 없이 펼치자 덤덤한 연구 텍스트였던 한시가 돌연 생생하게 숨 쉬더니만 이제껏 경험하지 못한 세상을 보여 주었다. 시인이 낡은 책에서 걸어 나와 때론 따스한

시선을, 때론 고요한 평안함을, 때론 삶에 대한 진지한 태도를, 혹은 다정한 충고를 전해 주기 시작했다. 병상에서 꼼짝하지 못할 때도 시 속으로 들어가면 나무 그늘이 시원한 숲길을 거닐 수 있었고 광활한 들판을 달릴 수 있었으며 창가에서 영롱한 달빛을 보거나 차가운 냇물에 손을 담글 수도 있었다.

병상에서뿐 아니라 화가 나서 어쩔 줄 모르거나 사람에게 실망하고 세상에 낙담할 때도 시를 읽으면 차분한 시인의 타이름이 귀에 들어왔다. 작가들이 글자를 고르고 다듬어 내놓은 침착한 이야기에 격렬한 마음의 파문은 잠잠해졌고 알 수 없는 억울함이나 원망도 가라앉았으며 가만한 기쁨을 느낄 때가 수없이 많았다. 더 이상 이 시인들은 먼지 자욱한 책갑 속에 박제된 쌀쌀맞은 남이 아니라 다정하게 어깨를 두드리며 말을 건네는 친한 벗이요 선배 같았다. 이 즐거운 경험을 주변 사람과 나누고 싶었다. 어쩌면 나처럼 한시에서 새로운 길을 찾을지도 모르니까 말이다.

부지런히 살다 보니 어느덧 중년에 이른 친구들이 있었다. 단테가 말한 "인생길 반 고비에서 길을 잃고 어두운 숲을 헤매는" 암담한 시절을 지나고 있는 이들이었다. 체력은 눈에 띄게 저하되고 노쇠함에 대한 자각이 들기 시작하는 그들은 아직 돌봄 노동이 끝나지 않은 채였다. 자식들의 독립은 예전보다 늦어졌고 부모님은 손길과 관심이 필요한데 그간 미뤄 두었던 자신의 회망과 꿈을 이젠 실현하기 어렵다는 것을 실감하는 이들이었다. 일상에서 부딪히는 수많은 좌절과 난관을 하나하나 해결하거나 혹은 받아들이며 살고 있는 이들이었다. 그러나 살아온 세월이 어디 헛되기만 하던가. 이들은 경륜과 이해를 바탕으로 삶에 대한 겸손함과 생명에 대한 남다른 애정이 있어서 한시를 읽기 더없이 적당한 사람들이기도 했다.

이들과 1년 동안 한시를 읽었다. 중국 고전문학이나 한자를 잘 알지는 못했지만 시인이 말하고자 한 것을 금방 이해했고 내면화했다. "시는 삶의 방식이요, 빈 바구니"라는 미국 시인 메리 올리버의 말처럼, 그들은 삶과 경험을 시의 바구니에 나름의 방식대로 채워 넣었다. 나이 드는 것이 꼭 나쁘지만은 않은 게, 어려서는 보아 내지 못했던 것을 볼 줄 알게 되고 유연하게 생각하며 나에게 적용하는 능력이 생긴다. 난 이 준비된 독자에게 한시의 고상하면서도 친근한 모습, 섬세한 감성과 삶에 대한 애정 어린 태도를 보여 주고 싶었는데, 친구들은 멋지게 수용하였고 진지한 감상을 펼쳐 보였다. 한시를 같이 읽으면서 내 문제나 고민이 유별난 것이 아니라는 것을 확인하며 묘한 동질감과 위로를 느꼈다. 때로는 눈물도 흘렸고 때로는 웃어넘기며 살아갈 힘을 얻기도 하였다.

시에 대한 나의 감상과 시를 두고 나누었던 이야기를 합해 책으로 묶어 놓는다. 솔직히 이런 책은 처음 쓰는 것이라 어떻게 봐줄지 겁도 나고 자신도 없지만 내가 좋아하는 것을 나누어 같이 즐겼으면 하는 바람으로 용기를 낸다. 이 책은 크게 세 부분으로 나뉜다. 1장에서는 한시를 처음 접하는 이들을 위해 한시를 왜 읽고 어떤 효용이 있는가, 한시는 나에게 어떤 의미인가를 정리하였다. 한시는 번잡하고 빠르게 변화하는 세상에 휩쓸리지 않도록 자신을 붙잡아 내면을 들여다보게 하며 더 나은 나를 꿈꾸게 한다. 또한 영감과 소통의 도구이기도 하고 자연을 더욱 가깝게 느끼게 하는 데에 좋은 도우미가 된다고 보았다. 2장부터 5장까지는 오래된 한시에서 나의 현실과 삶을 읽어낼 수 있기를 바라는 마음으로 네 계절로 나누어 시를 배열하였다. 우리의 인생은 성쇠가 있기에 종종 계절로 은유되는 것에 착안하였다. 이 시들도 그렇게 읽어주었으면 한다. 6장에서는 한시를 읽는 데 도움이 되는 구체적인 팁을 몇 가지 제시하였다. 이것은 내 경험에서 나온 것이므로 참고로 삼아 자신에게 맞는 길을 찾아낼 수 있길 바란다.

여기 소개한 시는 유명한 시도 있고 덜 알려진 시도 있다. 모두 내가 좋아하고 즐겨 읽는 시이니 너그러이 이해해 주면 좋겠다. 이 책이 나오기까지 많은 이들의 관심과 사랑이 있었다. 지난 몇 년간 매주 시를 같이 읽어 그 어느 때보다 치열하게 시를 읽도록 격려한 강 선생님, 함께 시를 읽자고 게으른 나를 채근하며 손을 잡아준 황 선생님, 깊이 있고 창의적인 감상을 펴낸 시벗들, 언제나 그 자리에서 묵묵히 시를 공부하는 대학원 선후배들, 문학이 곧 삶이란 것이 무엇인지를 보여준 책벗들이 아니었다면 나는 영영 어둠의 숲에 갇혀 있었을지도 모르겠다. 마음 깊이 감사를 드린다.

목차

3장 해가 긴 날 잠에서 깨어 멍한 채로
고요한 깨달음에 관한 시들

4장 인생의 즐거움이 어찌 많음에 있으랴
향긋한 쓸쓸함에 관한 시들

1장

—

한시의 초대에
응하며

우리가 한시에서 얻는 것

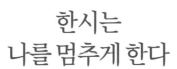

한시는
나를 멈추게 한다

한시를 나의 삶에 들이는 것은 시끄러운 세상으로부터 문을 잠시 닫고 시인이 보여 주는 장면과 이야기를 따라가는 것을 의미한다. 시인이 보여 주는 사랑스러운 풍경에 몰입하거나 그의 진심 어린 목소리에 집중하면서 서서히 나는 세상과는 무관한, 시적인 공간과 시간 속에 있게 된다. 이 순간만큼은 나 자신에 집중하여 내가 정말 원하는 것, 내가 내고 싶은 목소리에 귀를 기울일 수 있으며 지금 처한 상황에서 한걸음 떨어져 나를 객관적으로 볼 수도 있다. 시를 한 편 읽는 것만으로 들뜨고 불안한 나로부터 고요하고 차분한, 나다운 나를 만날 수가 있는 것이다.

몇 년 전 겪었던 일이다. 난 그때 개인적인 일로 혹독하게 마음을 앓고 있었다. 생각하면 생각할수록 억울하고 분해서 눈물까지 짜며 길길이 날뛰었다. 두보(杜甫) 말대로 "내장에서 열이 나"는지 머리가 펄펄 끓었고 결국 몸져누웠다. 화가 쌓이면 병이 된다더니 내가 그 꼴이었다. 화를 낸다고 일이 해결되는 것도 아닌데 이 나이 되도록 감정을 이렇게 못 다스리다니 스스로 한심하기도 하고 부끄럽기도 하여 시끄러운 속으로 손이 닿는 아무 시집을 펼쳤다가 이 시를 읽게 되었다.

봄산의 달밤

우량사 于良史 (당)

봄산에는 빼어나고 볼 게 많아
즐겁게 놀다 보면 밤 깊도록 돌아갈 것을 잊을 정도라,
두 손으로 물을 뜨면 달이 손 안에 있고
꽃을 어루만지면 향기가 옷에 가득 스미네.
흥에 겨워 올 땐 멀고 가까운 것 따지지 않았지만
떠나려 하니 향그런 꽃들과 헤어짐이 아쉽기만 하여,
종소리 울려오는 남쪽을 바라보니
누대가 푸른 산기운 속에 잠겨 있구나.

春山夜月   춘산야월

春山多勝事,　춘산다승사
賞玩夜忘歸.　상완야망귀
掬水月在手,　국수월재수
弄花香滿衣.　농화향만의
興來無遠近,　흥래무원근
欲去惜芳菲.　욕거석방비
南望鐘鳴處,　남망종명처
樓臺深翠微.　누대심취미

　이 시를 읽는 순간 놀랍게도 산속에 온 듯 청량한 기운이 몸을 감쌌다. 머리에서 민트향 나는 시원한 바람 줄기 같은 것이 쫙 퍼지더니 열이 발끝으로 빠져나가는 것이 느껴졌다. 세상에! 한시에 치유 능력이 있다는 말을 들었을 때는 난 그저 울적한 마음을 달래 주는 기호식품 정도로 이해했었다. 막상 내가 열이 떨어지자 정말 한시에 임상적 효과가 있는 게 아닐까 생각하게 되었다. 이 시의 어떤 부분이 나에게 효과가 있었던 것일까.

　이 시는 봄날 산속에서 만나는 아름다운 것으로 가득 차 있다. 봄산에는 빼어나고 볼 게 많다고 하면서 먼 길도 아랑곳하지 않고 기꺼이 온 이유를 말하였다. 봄산은 얼마나 다채롭고, 생기로 가득 차 있는가. 겨우내 잠잠했던 산에 봄신인 청제(靑帝)가 마술을 부리면 초목에 물이 오르고 새들은 분주해진다. 볼 것도 많고 냄새 맡고 귀로 들을 것도 많아 생각만 해도 흥이 나니 시인이 시간 가는 줄 모르는 것도 당연하리라. 어느새 산봉우리 위로 달이 뜨면 그 은빛 차가운 달은 시냇물 안에도, 물 움킨 두 손 안에도 있다. 꽃을 어루만지면 그 향기가 나도 모르는 새에 몸에 스며들어 꽃 색으로 내 몸이 물들 것 같다. 이 대목은 봄이 되어 예민해진 감각을 너무도 아름답게 표현하여 내가 무척 좋아한다.

산은 밤이 일찍 오므로 하산을 서둘러야 하는데 시인은 미적거리고 있다. 올 때는 거리를 따지지 않고 신나서 왔는데 이대로 내려가자니 애석한 것이다. 봄은 짧고 기다림은 길지만 어쩌겠는가. 고요한 누대에 머물며 밤을 지새우고 싶은 마음이 없지 않을 테지만 시인은 결국 달빛 속에 길을 재촉했을 것이다.

이 시는 제 기분에 어쩔 줄 모르는 나를 시원한 산속과 향기를 뿜어내는 꽃무더기 속으로 데려다주었다. 시인이 이끄는 대로 여기저기를 소요하며 아름다운 자연을 감상하면서, 아옹다옹 다투고 씩씩거리며 성질을 부리는 게 얼마나 부질없고 옹졸한 것인지 스스로 깨닫게 되었다. 별것도 아닌 일에 발끈했던 나의 졸렬함이 부끄러워 눈을 질끈 감고 싶었다. 그러자 〈칠발(七發)〉에서 오나라 객이 늘어 놓는 오묘한 말을 듣고는 땀을 흘리며 병석에서 일어났던 초나라 태자처럼, 나도 울화가 가라앉고 열도 내려 자리를 털며 일어날 수 있었다. 〈칠발〉을 읽을 때마다 중국인 특유의 과장이거니 여겼는데 내가 시를 읽고 치유되다니 놀라운 경험이었다.

두보가 "흥을 돋우는 데는 시보다 나은 것이 없다"고 했는데, 이 시가 내 흥을 돋우었던 것일까. 흥을 돋운다는 것은 착잡한 마음에 봄의 생기를 불어넣어 불편한 상황에 맞설 힘과 관용을 끌어내 준다는 의미로 해석할 수 있을까. 아니면 나를 멈추게 한 후 고요함에 침잠할 수 있도록 점잖고 차분한 나를 불러일으켰던 것일까. 헤르만 헤세는 지친 몸을 추스르고 부정적인 감정에서 벗어나게 하는 것은 거창한 것이 아니라 "날마다 벌어지는 사소한 기쁨"이라 하였다. 나에겐 한시가 그런 대상인 것 같다. 세속에 찌들고 영혼이 너덜너덜해져 눈도 귀도 막고 싶을 때 내가 좋아하는 시를 읽으면 고요와 평화와 관조와 여유가 있는 세계로 들어갈 수 있다. 난 그것이 그렇게 좋고 편안하다. 무릉도원으로 가는 길을 잃어버린 어부와는 달리 나만의 작은 기쁨의 나라로 가는 길을 헤매지 않을 자신이 있다.

니나 상코비치(Nina Sankovitch)는 언니를 잃고 허무함에 비틀거리다가 매일 밤 보라색 의자에 앉아 책을 읽으며 조금씩 상처를 치유해 간다. 책 안의 인물들이 삶의 난제들을 어떻게 대하고 시련을 어떻게 극복해 갔는지 관찰하며 살아갈 힘을 얻었다. 또 패트릭 브링리(Patrick Bringley)도 형을 잃은 상실감에 메트로폴리탄미술관 경비원을 자원해서는 10년간 여러 예술품을 묵묵히 감상하고 각각의 사연을 지닌 사람들과 관계를 맺으며 점차 슬픔에서 벗어나 세상으로 나갈 수 있었다. 누구나 이렇게 멈추어서 생각할 보라색 의자가, 고요한 미술관의 한 구석이 필요하다.

나에게 한시는 어떤 의미인지 생각해 본 적이 있다. 후한(後漢) 사람 비장방(費長房)은 호리병 속에 아름다운 별천지를 넣고 다니다 때때로 그 안으로 들어가 자기만의 세계를 즐기는 노인을 부러워한 적이 있는데, 나에게 한시는 그 노인의 호리병 같은 존재가 아닌가 싶다. 매일 허리춤에 차고 있다가 여차하면 그 안으로 들어가 나 홀로 고요히 별천지를 누릴 수 있으니 나에게 한시란 '호중천(壺中天)'이라 할 수 있으리라.

한시는
고난의 동반자이다

한시는 고난의 길을 가는 데에 좋은 파트너가 되기도 한다. 이는 시에서 얻는 에너지가 다른 어디에서 얻는 것보다 크다는 의미다. 이성복 시인은 "대체 사람들이 어떻게 시 없이 한순간이라도 살 수 있는가"라고 의문을 품었다고 한다. 시와 함께 잠들고 시와 함께 깬다고 할 정도로 시를 사랑했는데, 그에게 시란 세상이고 삶이었다는 의미일 것이다. 그러니 고난의 인생길을 갈 때도 동반자가 될 수밖에 없다.

"행로난(行路難)!" "가는 길 어렵도다!" 당나라 시인 이백(李白)이 이른 것처럼 인생길은 어려움과 고통으로 차 있고 갈림길도 많다. 맹자(孟子)가 인생의 고통은 하늘이 그를 큰 사람으로 단련하기 위한 기회라 하였지만 고난 중에 있는 사람에게 그런 말은 전혀 위로가 되지 않는다. 나조차도 큰 사람은 사양하고 싶으니 나를 좀 가만히 두었으면 좋겠다고 생각한 적도 있으니까.

어느 날 신문에서 본 최승자 시인의 인터뷰가 기억난다. 선연한 글발로 자기를 끝까지 몰아대며 독자를 사로잡은 그였는데 한겨울 나목과 같은 마른 몸으로 정신병원에 있다는 소식은 하늘이 야속해 눈물이 날 것 같았다. 그녀에게 시는 무엇이기에 자신을 그런 지경까지 다그쳤을까. 시가 그다지도 잔인한 것인가. 그러다 몇 년 뒤 시집 출간 소식을 전하였고 그것이 정신병원에서 쓴 시를 모은 것이라는 기사를 읽고 시에 대한 나의 마음을 확인받은 것 같아 적이 마음이 놓였다. 과연 그녀에게 시는 허무하고 고독한 삶의 '생존 증명서'였고, 그를 버티게 해 준 '일수도장'이었지 더 이상 날카로운 칼날이 아니었던 것이다.

남송 시인 육유에게도 시는 고난의 길을 함께 가 주는 벗이었다. 그가 살았던 남송은 소란한 시대였다. 당시 조정은 죽더라도 금나라와 끝까지 싸우자는 주전파와 무릎을 꿇더라도 현실적 이익을 챙기자는 주화파로 갈라져 당파싸움에 조용할 날 없었다. 육유는 불타는 애국심으로 끝까지 항전을 주장하며 화친을 반대했지만 결국 시인의 열망은 받아들여지지 않았다. 시달림에 지친 시인은 낙향을 결심한다. 그간 잊고 있었던 고향은 풍요롭고 평화로운 곳이었다. 무엇을 위해 객지를 헤매었던가 하고 뒤늦은 후회를 했을지도 모르겠다.

산 서쪽 마을에서 노닐며

육유 陸游 (송)

농가에서 섣달에 빚은 술 탁하다고 비웃지 말게나.

풍년 들어 손을 맞으니 닭과 돼지고기 넉넉하다오.

산은 첩첩이고 물은 겹겹이라 길이 없는 줄 알았는데

버들 우거지고 꽃 만발한 곳에 또 하나의 마을이 있구려.

피리 소리 북소리 이어지니 봄 제사가 가까웠고

마을 사람 입성이 간소하여 옛 모습이 남아 있네.

지금부터 한가로이 달빛을 좇을 수 있다면

아무 때나 한밤중이라도 지팡이 짚고 나서서 문 두드릴 것이네.

遊山西村　　　　유산서촌

莫笑農村臘酒渾,　막소농촌랍주혼

豊年留客足鷄豚.　풍년류객족계돈

山重水複疑無路,　산중수복의무로

柳暗花明又一村.　유암화명우일촌

簫鼓追隨春社近,　소고추수춘사근

衣冠簡朴古風存.　의관간박고풍존

從今若許閑乘月,　　종금약허한승월
拄杖無時夜叩門.　　주장무시야고문

　시인은 산과 강을 건너다가 막다른 곳에 다다랐다고 했다. 더
이상 길이 없는 줄 알았는데 생각지도 못한 곳에 마을이 있었고,
그곳은 낯선 이를 후히 대접하고 버들잎이 무성하고 봄꽃이 환
하게 피어 있었다. 풍년을 기원하는 봄 제사를 준비하고 마을 사
람들은 수수하며 겉치레가 없는 소박한 곳이다. 중원 수복이다,
항전이다 아니다 치고 박고 싸우는 것에 진절머리가 났던 시인
을 부드럽게 감싸 안는다. 시인은 이제부터 근심을 내려놓고 한
가로이 살고자 마음먹는다. 굳이 체면을 차릴 것도, 시간에 구애
받을 일도 없이 이웃을 오가며 사는 참다운 삶 말이다.
　예전에 고 이어령 선생님이 이 시를 언급한 적이 있다. 인생의
선배로서 젊은 세대에게 한 말씀 해달라는 요청에 자신이 절망
스러웠을 때 지니고 있던 시가 있었다며 이 시의 제3, 4구를 소개
하였다. "정말 길이 막혀 있고 이게 끝이라고 생각한 그 순간에
또 하나의 마을이 나타난다는 뜻이에요. (…) 아무리 어두워도
어딘가엔 출구가 있고 전혀 모를 딴 마을이 기다리고 있다는 걸
알길 바랍니다."라 하였다. 선생님을 학교에서 뵐 때면 카리스마
와 자신감으로 무장한 냉철한 지식인의 전형 같아서 감히 범접
하기가 어려웠다. 그런 분이 한시를 읽으며 절망의 시기를 지냈

다는 것이 믿기지 않았는데, 이 시구가 주는 인생의 진리를 믿었기 때문에 당당하고 느긋하게 기다릴 수 있으셨던 것일까.

나는 수십 년을 공부하면서 경력을 쌓아 가고 있다가 졸지에 병을 앓고는 그간의 모든 노력이 물거품이 된 적이 있었다. 경력 따위야 당장 죽고 사는 문제가 아니지만 평생 해 왔던 일을 갑자기 그만두고 내가 속했던 사회에서 강제로 배제되었을 때는 꽤 괴로웠다. 그때 누가 인정하든 말든, 실적이 되든 안 되든 내가 해 왔던 시 읽기를 계속하기로 마음먹은 것은 잘한 일이었다. 몸이 아플 때나 심리적으로 불안할 때 시인들은 어떻게 버텼을까 혹시 시 안에 해답이 있을까 기웃거리며 그 시기를 보냈나 보다.

그러니 나에게 시는 말 그대로 고난의 동반자였다. 이때 보았던 작품은 이전에 수업이나 논문을 위해 읽었던 것과는 영 다른 작품 같았다. 갑자기 닥친 시련에 휘청거릴 수 있지만 그것을 이토록 아름답게 승화할 수 있는 시인의 능력이 고귀하게 와닿았다. 언제 어디서 어떤 상황에서 작품을 만나느냐에 따라 다른 해석이 가능하다는 것과 시가 진실하게 자기를 반영할 때 힘을 갖는다는 것도 그 덕에 터득하였다.

누구나 할 수 있는 것은 다 했고 운명이 더 이상 내 편이 아니라고 여겨지면 열패감과 무력감으로 괴로워한다. 그러나 만약 그에게 시가 있다면 그 시기를 잘 견딜 수 있고 어쩌면 좀 더 근사한 미래를 희망할 수 있다. 육유는 북벌론이 좌절되고 관직에서도 밀리자 고향으로 돌아갔는데 뜻밖에도 고향은 그에게 '또 하나의 마을'이자 기회가 되었고 그 안에서 시를 짓고 독서를 하며 다시 굳세어질 수 있었다. 이탈리아 시인 단테도 가혹하며 완강한 '거친 숲'에서 고통스러워하다가 거대한 시를 통해 원했던 세상을 보면서 마침내 평안을 찾았다. 일본의 소설가 나쓰메 소세키도 중병을 앓으면서 매일 한시와 하이쿠를 짓고 "그날그날을 살아가는 데 집중하였다"고 고백한 바 있다.

　나는 이외에도 시를 붙들며 고난의 기간을 보냈던 이들을 많이 알고 있다. 인간은 위기의 순간이나 어려움이 닥치면 막다른 길에서 어쩔 줄 모르고 통곡하였던 완적(阮籍)처럼 본래의 가련한 모습을 마주하게 된다. 그러나 시를 동반자로 삼을 줄 안다면 그 시기를 꽤 괜찮게 보낼 수 있다. 이것만으로도 우리가 이 아름다운 운문을 찾아 읽을 충분한 이유가 되지 않을까.

한시는 더 나은 나를
꿈꾸게 한다

　그리스인 조르바가 두목에게 이렇게 말한다. "두목, 당신이 밥을 먹고 무엇을 하는지 말해주십시오. 그럼 당신이 누구인지 말해 줄게요." 무엇을 하느냐가 나를 규정하듯, 나는 무엇을 읽느냐가 내가 어떤 사람인지, 어떤 사람을 꿈꾸는지를 말해준다고 생각한다.

　중국 소설가 위화(余華)는 문화대혁명 때 읽을거리가 없어 《마오쩌둥 선집》을 탐독한 적이 있었다. 사정 모르는 이웃들은 힘들게 마오쩌둥 사상을 공부한다며 소년 위화를 칭찬하였지만 정작 그가 집중한 것은 책에 달린 주석이었다. 역사적 사건과 인물에 관한 주석은 소설보다 훨씬 재밌어서 장차 유명한 이야기

꾼이 될 소년의 독서에 대한 굶주림을 채워 주었다. 여기저기 흩어진 파편 같은 글을 찾아 읽으며 그는 자신이 어떤 사람인지, 무엇을 원하는지 알아차렸을 것이다. 그가 문득 글을 쓰는 사람이 되어야겠다고 결심했던 것도 그가 읽었던 글 때문 아니겠는가. 한시는 다른 시대, 다른 나라, 다른 언어로 된 문학이지만 그 속에서도 내가 평소에 생각하고 느꼈던 것, 혹은 바라고 되고 싶었던 것들을 얼마든지 읽어낼 수 있다.

술을 앞에 두고

백거이 白居易 (당)

달팽이 뿔 위에서 무슨 일 때문에 그리 다투는가?
부싯돌 번쩍이는 찰나에 몸을 맡기고 있는 처지인데.
부유한 대로 가난한 대로 잠시나마 즐거우면 되나니
입을 크게 벌려 웃지 않으면 바보로세.

對酒 五首	대주 5수 중 두 번째
蝸牛角上爭何事,	와우각상쟁하사
石火光中寄此身.	석화광중기차신
隨富隨貧且歡樂,	수부수빈차환락
不開口笑是痴人.	불개구소시치인

이 시의 작자 백거이는 젊어서부터 재능이 뛰어나 명성이 멀리 신라와 일본까지 자자하였다. 그는 빈한한 집안 출신에 우수한 성적으로 과거에 급제하여 관직에 발을 들여놓은 후 정치적 이상을 실현하기 위해 많은 노력을 기울였다. 큰 포부를 가지고 사회와 정치에 대한 비판을 담은 시 운동을 전개하기도 하였고 눈치 보지 않고 간관(諫官)으로서 역할을 다하려고도 애썼다. 그러나 그런 노력이 오히려 황제를 노엽게 하고 권력자들의 시샘을 사서 점차 입지가 좁아졌고, 결국 먼 곳으로 좌천되자 천하를 구하겠다는 열망을 접게 된다. 그는 스스로 마음을 은자처럼 갖겠다고 결심하고는 정신적인 자유를 추구한다. 현실에 초연하고 만사에 유연하며 가벼워지길 원했기 때문에 그의 롤 모델이 장자(莊子)가 된 것은 당연한 일일지도 모르겠다.

이 시는 시인의 나이 일흔에 쓴 것으로, 자신만만했던 청년에서 좌절과 체념을 받아들이려 노력한 장년을 지나 노년에 이른 이의 깨달음을 담고 있다. 그는 우리 삶이 달팽이 뿔 위에서 싸우는 것과 같다는 《장자》의 고사를 인용하여 좁은 세상에서 툭하면 네 것은 많고 내 것은 적다고 하면서 원수처럼 으르렁거리며 다투는 어리석은 세태를 비판한다. 우리가 누리는 시간도 영겁에 비하면 찰나에 불과한데 마치 영원히 살 것처럼 구는 것도 한심하다. 그 짧은 시간 동안 더 많이 갖겠다고 싸우는 것처럼 바보 같은 일이 또 있겠는가. 시인은 부유하면 부유한 대로, 가난하면 가난한 대로 주어진 삶에 만족하며 즐거우면 될 일이라며 그저 크게 웃어넘기라 하였다. 시인은 어떤 것에 집착하거나 얽매이지 않으며 모든 것을 자연스레 놓아줄 줄 아는 장자 같은 할아버지가 되길 꿈꾸었던 것 같다.

고(故) 정주영 현대그룹 회장이 생전에 서재에 이 시를 걸어 놓고 근심 걱정으로 애가 탔을 때 애송했다는 기사를 본 적이 있다. 나는 그에 대해서는 포기를 모르는 근성 있는 사업가 정도로만 알고 있었다가 소떼를 몰고 당당히 북한으로 금의환향하는 모습을 보면서 뭔가 다르다고 생각하였는데, 그가 수많은 고전 전적 가운데 하필 이 시를 고른 것을 보고는 그 남다름의 원천을 알 것 같았다. 그는 평생 돈에, 권력에, 관계에 얽매여 아등바등 사는 인간을 수도 없이 보면서 나름의 철학을 가졌을 것이고 그 것을 이 시에서 읽어 내었던 것이다. 사는 것이 누구에게나 어렵지만 쩨쩨하게 굴지 말고 가슴을 쫙 펴며 대범하게 생각하고 호탕하게 웃어넘기는 관대함을 가질 것, 더 나아가 장자나 백거이처럼 즐거운 상상력과 호기심, 유머를 지닌 특별한 사람이 되기를 소망했을 것이라 짐작해 본다.

대학 때 은사님이 정년퇴직을 하면서 들려주신 일화가 있다. 청나라의 학자 유월(兪樾)의 이야기다. 그는 과거시험에 합격했지만 벼슬길이 여의치 않아 그만두고 공부에 전념하였다. 그런데 일흔 살이 다 되어서야 자신이 걸어왔던 길이 잘못되었고 치학 방법도 틀렸음을 깨닫는다. 이제는 너무 늦었다고 낙담하였으나 예전에 지었던 "꽃이 떨어져도 봄은 여전히 남아 있네(花落春仍在)"라는 시구를 떠올린다. 꽃이 졌다 해서 봄이 완전히 간 것이 아니듯 인생에서도 최고의 시절이 지났다고 삶이 끝나는 것은 아니라는 이 구절을 붙들고 다시 학문에 전념한다. 훗날 그는 경학, 제자학(諸子學), 사학, 훈고학, 희곡, 시사(詩詞), 소설, 서예 등에 두루 능통한 학자가 되었다. 선생님께서는 우리도 늦었다고 생각 말고 이 시구를 마음에 새기며 지금부터라도 전심으로 공부하면 좋은 성과가 있지 않겠냐고 하셨다.

정끝별 시인은 시를 읽는 것은 '나를 들여다보기 위해서'이며 그것을 통해 지금의 나보다 조금 나은 '미래의 나'를 꿈꿀 수 있다고 하였다. 백거이가 장자의 구절을, 정주영이 백거이의 시를, 우리 선생님이 유월의 시구를 마음에 품고 희망을 얘기하였듯 누구나 붙잡을 시 구절 하나를 갖는다는 것은 미래의 나를 위해 현재의 내가 할 수 있는 의미 있고 확실한 투자가 될 것이다.

한시는
영감을 준다

한시는 이미지의 집합체이다. 한자가 형상성이 풍부하고 다의
미적인 특징을 지닌 글자라 어떤 언어로 된 시보다 연상성이 강
하다. 글자만 보아도 이미지가 생생하니 정확한 뜻을 모른다 해
도 시의 전반적인 무드나 정취를 어렵지 않게 추측할 수 있다.
또한 옛 고사나 전적을 인용하거나 상징, 암시 같은 수법도 즐겨
사용하는데, 이런 수법은 시 이해에 어려움을 주기도 하지만 그
문턱만 넘는다면 의미가 풍부하게 확장되면서 여러 겹의 의미망
을 형성하여서 다양하게 해석할 여지가 생긴다. 따라서 어떤 분
야든지 자극과 영감의 원천 역할을 할 수 있다.

대학에서 당시(唐詩) 기말시험 답안을 채점할 때 이야기다.

한 학생의 시험지가 유독 눈에 띄었는데 두보의 〈강남에서 이구년을 만나(江南逢李龜年)〉라는 시와 긴 글이 덧붙여져 있었다. 이 시는 두보의 말년작으로, 유랑 생활을 하던 중 과거 장안(長安)에서 자주 만났던 명창 이구년을 다시 만나 들은 인생무상의 감개를 담은 작품이다. 특히 마지막 구인 "꽃 지는 시절에 또 그대를 다시 만났구려.(落花時節又逢君)"는 여러 가지 의미로 읽어 낼 수 있는데, 시인과 이구년이 만난 때가 꽃 지는 늦봄을 이른 것이라 보기도 하고, 두 사람의 인생이 한창때가 지나가 버린 때라는 것으로 볼 수도 있으며, 흥성했던 당나라가 꽃이 다 져버려 쇠망해 가는 때를 비유한 것으로 읽을 수도 있다.

나는 학생이 이 정도만 답안만 써 내도 감지덕지라고 생각하며 읽어 내려갔는데 의외의 내용을 전해 왔다. 영화연출을 공부하고 있다고 본인을 소개한 학생은 이 구절에 영감을 받아 '낙화시절'이라는 제목으로 노부부의 황혼기를 그린 시나리오를 써서 공모전에 출품하였고 당선되어 영화 제작 지원을 받게 되었다고 하였다. 예비 감독은 이 구절에 영감을 받아 인생의 애환을 모두 경험한 노부부의 쓸쓸한 모습을 그린 결과물을 내놓았던 것이다. 한시가 어렵다고 엄살을 부리더니 이렇게 흐뭇한 소식을 슬쩍 전하는 귀여운 학생들이 난 그렇게 이쁘다. 어디 이뿐이랴. 한시가 영감을 준 예는 어렵지 않게 찾을 수 있다.

봄밤에 내린 기쁜 비

두보 杜甫 (당)

좋은 비는 시절을 알아

봄이 되자 내리네.

바람 따라 몰래 밤에 찾아 들어와

만물을 적시네, 가만가만 소리도 없이.

들길은 온통 구름이 깔려 어둑어둑한데

강 위에 뜬 배의 불빛만이 밝구나.

새벽녘에 붉게 젖은 곳을 보고 있자니

금관성에는 꽃들이 겹겹이 피어 있겠네.

春夜喜雨　　　춘야희우

好雨知時節,　호우지시절

當春乃發生.　당춘내발생

隨風潛入夜,　수풍잠입야

潤物細無聲.　윤물세무성

野徑雲俱黑,　야경운구흑

江船火獨明.　강선화독명

曉看紅濕處,　효간홍습처

花重錦官城.　화중금관성

두보의 시는 보통 무겁고 침울해 나까지 기운 빠지는 경우가 많은데, 이 시는 제목에 '기쁨'이란 단어가 있어 내가 좋아한다. 이백(李白)도 "이 세상은 즐거움이 얼마나 되려나"라 했듯 우리 삶은 낙이 참 없어서 제때 비만 와도 기뻐서 시를 쓰는 심정이 이해가 갈 정도다. 두보는 평생 가난과 불우함에 시달리다 이즈음에 친구들의 도움으로 가까스로 안정되었는데 그래서인지 '사소하지만 확실한 행복'의 순간을 여유 있게 포착하고 있다.

　'호우', 좋은 비란 때맞추어 적절하게 내리는 비를 이른다. 봄이 되어 만물이 잠에서 깨어나는 때에 필요한 수분은 부족하거나 많아서도, 또 늦거나 너무 일러서도 안 된다. 적절하게 해갈이 될 만큼, 사납지 않고 조용히 내려야 좋은 비다. 두보가 만난 비는 지난밤 살그머니 내려 만물을 촉촉하게 적셨다. 비가 지난 뒤 아직 구름이 끼어 어둑어둑한 이른 새벽, 시인은 멀리 배의 불빛을 바라보고 있다. 자신도 얼마 전까지 이리저리 떠돌며 살던 신세라 비를 맞는 배에서 반짝이는 불빛에 관심이 갔을 것이다. 또 그 안에 있는 이름 모를 외로운 이에게도 마음이 쓰였을 것이고. 그가 이른 새벽에 깨어 있었던 것은 고독과 회한 때문이 아니었을까. 그러나 슬픔에만 빠져 있기엔 지금이 너무 소중하다. 비에 젖어 싱싱하게 피어 있는 붉은 꽃송이를 바라보며 도성에 있는 꽃들도 금관성이라는 이름에 걸맞게 화려하게 활짝 필 것을 기대하며 시를 맺었다.

난 이 시를 읽을 때마다 식솔을 이끌고 정처 없이 떠돌다 겨우 정착하여 비가 내려도 별 걱정 없이 창밖 풍경만 감상해도 되는 때 시인이 느꼈을 안도와 보송보송한 편안함을 상상한다. 어쩌면 시인은 때맞추어 내리는 좋은 비처럼 자신에게도 어떤 기회가 살그머니 다가오지 않을까 하는 바람을 은근히 가졌을지도 모르겠다.

봄비에 대한 시인의 복잡한 정서는 몇몇 감독에게 예술적 영감을 주었다. 허진호 감독의 영화 〈호우시절(好雨時節)〉(2009)은 두보의 '좋은 비'에 착안하여 서사를 풀어 간다. 감독은 우연히 옛사랑이 좋은 비처럼 갑자기 다가왔을 때 어찌해야 할까라는 질문을 두보의 아름다운 옛집인 두보초당(杜甫草堂)을 배경으로 던지고 있다. 두 주인공의 엇갈리는 사랑과 기억을 바탕으로, 사랑은 내리는 시절을 알아 조용하게 내리는 봄비처럼 적당한 때에 적당한 방법으로 조금씩 다가가 상대를 촉촉하게 적시는 것이라는 이야기를 하고 싶었던 것 같다.

한편 황동혁 감독은 이 시를 좀 더 짓궂게 재해석하였다. 그는 드라마 〈오징어게임〉(2021) 마지막 회에서 이 시를 소환하였다. 만신창이가 된 최후의 2인이 마지막 결전을 치르자 그것을 지켜보던 중국인 관객은 문득 이 시구를 읊는다. 긴장이 한껏 고조되고 지긋지긋할 정도로 피비린내 나는 대목에 기쁨의 정서를 담은 고아한 한시를 삽입하여 살인게임을 느긋하게 관전하는 부유

층의 이중성과 탐욕을 드러내었다. 잔인한 장면에 삽입된 기쁨의 시는 그 불편한 어긋남 때문에 관객이 증오와 함께 모멸감까지 느끼게 된다. 같은 시를 이렇게 다르게 해석하는 것도 흥미로운 지점이다.

광고인 박웅현은 독자에게 "밖에 찍어 놓았던 기준점을 모두 안으로 돌려서 그 점을 연결해 하나의 별을 만들"되 자기만의 별이 되어야 함을 주문하였다. 나는 그 점 중 하나가 한시가 될 수 있다고 본다. 이 예술가들은 영감을 받은 한시를 한 점으로 삼고 각자의 점을 연결해 자신만의 특별한 별을 만들어 낸 사람들이다. 같은 작가 같은 작품을 보아도 저마다의 색깔로 소화해 새로운 것을 창조해 내니 이것이야말로 고전을 읽는 묘미가 아니겠는가.

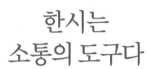

한시는
소통의 도구다

　한시가 개인의 감정이나 생각을 표현하기 위해 쓰였다고 생각하기 쉽지만 그것은 한참 뒤의 일이다. 본래 한시는 다른 사람과 소통하기 위한 도구로서의 효용이 컸다. 한시의 뿌리는 멀리《시경(詩經)》으로 거슬러 올라가는데, 이 책에 실린 민가는 민심을 파악하고자 채집한 것으로 위정자와 백성의 소통이라는 일차적인 목표가 있었다.

　이 시들은 점차 사용 범위가 넓어져 사교 자리나 외교석상에서 서로의 의사를 전하고 의중을 파악하는 데 쓰였다. 공자(孔子)가 아들에게 "시를 모르면 말을 할 수가 없다"며 공부를 채근했던 적이 있었는데 시가 사회생활을 하는 데 중요한 도구였기 때문에 반드시 알아야 한다고 잔소리했던 것이다. 그도 그럴 것이, 현대 중국에서도 이런 관념은 여전해서 일상 대화부터 중요한 연설까지 시를 이용하여 의사를 전달하는 경우가 무척 흔하다.

시에 대한 기본 관념이 이러했기 때문에 사회관계에서 발생하는 여러 상황, 예를 들어 헤어질 때나 만날 때, 어려움이 닥쳤을 때나 축하할 일이 있을 때, 자신의 의견을 전달하거나 능력을 증명하고 싶을 때, 비판하거나 칭송할 때 두루 시가 사용되었다. 직접 말을 건네는 것보다 생각과 감정을 가다듬고 응축하여 시나 노래로 전달했을 때 효과가 훨씬 큰 것을 우리는 다 경험하지 않는가.

나는 아직도 남편과 처음 같이 불렀던 노래를 기억한다. 가정에 어려움이 있거나 남편에게 서운한 마음이 들 때마다 그 노래를 부르며 그때의 감정을 기억하려 한다. 노래 가사에 처음 먹었던 마음이 느껴져 딱딱해진 마음이 풀리곤 하는데, 노래 가사는 곧 시 아니던가. 글자를 짚어 가며 의미를 새기고 감정이 증폭되어 쓴 사람의 마음에 가닿는 경험을 가졌다면 누구나 시야말로 소통에 있어 최고의 도구라는 데 동의할 것이다. 아래에 있는 소식의 시가 좋은 예시다.

겨울 경치

소식 蘇軾 (송)

연은 다 져서 비 가려줄 연잎은 이제는 없지만
국화는 시들어도 서리에 꿋꿋한 가지는 여전히 남아 있네.
일 년 중 가장 좋은 경치를 그대 꼭 기억해야만 하리니,
오렌지 노랗고 귤 푸를 이때라네.

冬景	동경
荷盡已無擎雨蓋,	하진이무경우개
菊殘猶有傲霜枝.	국잔유유오상지
一年好景君須記,	일년호경군수기
最是橙黃橘綠時.	최시등황귤록시

이 시는 소식이 항주지주(杭州知州)로 있을 때 친구인 유경문 (劉景文)에게 써 준 것이다. 유경문은 자질이 훌륭함에도 오랫동안 벼슬길이 순탄치 않았는지 당시 양절병마도감(兩浙兵馬都監)이라는 작은 벼슬에 머물고 있었다. 소식은 그와 교유하며 그가 얼마나 통이 크고 호탕한 사람인지 알게 되었고, 또 고문과 석각을 사랑하는 장서가라는 점에서도 자신과 통한다고 여겨 매우 가깝게 지냈다. 그의 능력에 비해 지금 벼슬이 모자란다고 생각

해 그에 대한 추천서를 써서 올리기도 하는 등 여러 가지로 마음을 써 주었다. 그럼에도 유경문은 자신이 없었던 것 같다. 소식에게 자기는 이미 나이가 많아 틀렸다고, 너무 애쓰지 말라고 했을 수도 있다. 그런 벗에게 소식은 존경을 담아 이 시를 준다.

비를 막아 줄 정도로 넉넉한 크기의 연잎은 이미 다 졌고 추위에 피었던 국화도 시든 초겨울, 오직 서리에 맞선 국화 가지만 남아 있다. 이는 여러 고난 속에서도 본래 품었던 지조와 꿋꿋함을 지닌 채 노년을 향해 가는 친구를 비유한다. 당시 유경문은 쉰여덟 살로 지금으로 봐도 적지 않은 나이인데 소식은 이때가 가장 좋을 때라는 것을 기억하라고 한다. 겨울은 모든 것이 죽은 듯 보이지만 오렌지와 귤은 오히려 이때에 최고로 아름답고 탐스러움으로 존재감을 분명히 드러내듯 친구도 지금이 바로 그런 시기라는 것을 잊지 말라는 것이다. 섣불리 포기하지 말고 너의 좋은 성품 사이로 선명하고 밝은 열매가 있을 것임을 기대하라고 하였다.

유경문이 이 시를 받고 어떤 기분이었을까. 오렌지와 귤이 노랗고 푸른색을 빛내며 나무에 매달려 있는 모습이 흑백의 겨울 화면을 뚫고 나오는 것처럼 느꼈을 것이다. 그 아름다운 장면이 바로 자기라는 생각에 기쁨과 희망, 기대를 한껏 품지 않았겠는가. 만약 소식이 유경문에게 "실망하지 말고 정진하게."라고만 말했다면 이만큼의 감동은 없었을 것이다. 시로 전하는 마음은 말과는 다른 특별한 것이 있고 그래서 시는 귀가 아닌 마음으로 듣게 된다. 육십을 바라보는 나이라도 늦지 않았다는 격려의 마음이 닿았는지 유경문은 소식의 추천에 힘입어 그해 겨울 지습주(知隰州)라는 지방관으로 승진하게 되었다.

친한 친구가 유학 시절 내가 보낸 편지에 감동했다는 얘기를 들려준 적이 있다. 그땐 이메일도 없었고 국제전화 한 통 하기도 어려운 때라 편지밖에 없었다. 늘 붙어 있다가 졸지에 대륙을 달리하며 떨어져 있게 되자 잔글씨로 빽빽하게 써서 안부를 물었던 기억만 남아 있는데, 친구는 내가 시구를 적어 보낸 것이 그렇게 좋았다고 하였다. "내가? 무슨 시구이지?"라고 묻자 시구를 읊어 주었다.

"언제 둘이서 서창의 등잔 심지를 자르면서
파산의 밤비 내리는 이 밤을 되새기며 이야기하게 될까."

이 시는 당나라 시인 이상은(李商隱)이 아내와 헤어져 있을 때 지은 것으로, 아내가 언제 집에 돌아오냐고 묻자 언젠가 집에 돌아가게 되면 등잔 심지 돋우어 가며 지금 파산(巴山)의 가을비 내리는 광경을 보며 외로움에 잠겼던 내 심정을 밤새워 가며 이야기하자고 한 것이다. 나는 친구가 곁에 없어 외로우니 훗날 다시 만나 실컷 수다 떨자는 의미로 이 시를 적어 주었던 것 같다. 친구는 이역에서 홀로 공부하며 외로움과 불안으로 심난했기 때문에 그 어떤 메시지보다 이 구절이 마음에 와 닿았나 보다. 그

걸 수십 년이 지나서도 잊지 않고 있으니 말이다. 아마 내가 "공부 열심히 하고 얼른 돌아와서 같이 놀자."라고 했다면 기억도 못 했으리라.

　말은 마음을 충분히 전달하지 못한다. 얼굴을 마주 보고 쏟아내는 말에는 칼이 있는지 의도하지 않은 상처를 주는 경우가 허다하다. 그래서 나는 도리어 한시에서 소통의 단서를 얻는다. 선명한 이미지를 포착하여 비유하거나 상황에 맞는 옛 고사를 인용하거나 부드럽게 에둘러 품위 있게 표현하는 것이 상대에게 더 깊은 인상을 주는 것 같다. 요즘같이 말이 난무하는 세상에 오히려 더 귀를 기울이게 만드는 대안이 될 수 있지 않을까.

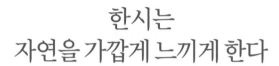

한시는
자연을 가깝게 느끼게 한다

　한시는 자연묘사의 보고다. 다른 어떤 장르보다, 다른 어떤 나라의 시보다 자연에 대한 지분이 월등하다. 계절마다 다른 모습을 섬세하게 느끼고 싶거나 계절 특유의 분위기를 감각적으로 표현하고 싶다면 한시가 좋은 참고가 될 것이다.

　한시에 묘사된 자연은(보통 경(景)이라 부른다) 시인의 감정이나 정서와(이를 정(情)이라 한다) 긴밀하게 연관되어 있다. 이둘을 어떻게 조화롭게 잘 버무리느냐가 시의 완성도를 결정한다해도 과언이 아니다. 따라서 시에 표현된 자연을 있는 그대로 감상하는 것도 좋지만, 시인의 심정과 어떤 관련이 있을까를 염두에 두고 읽으면 훨씬 더 입체적으로 감상할 수 있다. 예를 들어

울창한 숲을 보고 싱그럽고 시원하다 느낄 때는 나의 마음이 평안할 때인 데 반해 내가 우울할 때는 녹색의 물결이 숨을 조이는 것처럼 답답하게 느껴지기도 하는데, 시인의 붓끝에 묘사된 자연이 어떤 분위기인가를 읽어 내면 시의 기조를 금방 이해할 수 있다.

당나라 시인 백거이는 정치적 포부를 갖고 관직 생활을 시작했으나 좌절을 겪으며 인생관이 바뀐다. 부귀공명이나 이상 실현이 부질없다고 느껴진 것이다. 그래서 그는 벼슬아치와 은자의 장점만 취해 '중은(中隱)'이란 영리한 개념을 생각해 낸다. 요직이 아닌 한직을 지내며 먹고사는 문제를 해결하면서 과한 업무에서 벗어나 유유자적할 수 있는 삶을 택하였다. '워라밸'을 중시하는 요즘 젊은이들이 원하는 삶과 비슷하다.

작품을 읽다 보면 그는 은자가 자연을 가까이하고 소요할 수 있는 점을 제일 부러워했던 것 같다. 부산한 관직 생활에서 받은 스트레스를 아름다운 자연에서 풀고자 그는 부지런히 다녔다. 때로는 극성스럽다 할 정도로 아름다운 곳을 찾았고 자유로이 거닐며 본 것을 감성의 프리즘을 거쳐 시로 담아냈다. 아래에서 백거이의 시를 살펴보자.

남쪽 호수의 이른 봄

백거이 白居易 (당)

바람 되돌아 불어 구름 흩어지고 비가 막 개이자
저녁 석양빛에 호숫가는 따뜻하고 다시 밝아지는데,
산에 핀 살구꽃의 붉은 꽃잎은 어지러이 흩어져 있고
호숫가에 자란 부평초는 초록으로 펼쳐져 있네.
흰 기러기는 날개 낮게 드리운 채 무거운 듯 날고
꾀꼬리는 혀가 거북한지 아직 제대로 울지 못하는데,
강남의 봄이 좋지 않다고 말하는 것은 아니나
해마다 노쇠하고 병들어 흥겨운 마음도 줄어드네.

南湖早春	남호조춘
風回雲斷雨初晴,	풍회운단우초청
返照湖邊暖復明.	반조호변난부명
亂點碎紅山杏發,	난점쇄홍산행발
平鋪新綠水蘋生.	평포신록수빈생
翅低白雁飛仍重,	시저백안비잉중
舌澁黃鸝語未成.	설삽황리어미성
不道江南春不好,	부도강남춘불호
年年衰病減心情.	연년쇠병감심정

때는 이른 봄이라 날씨가 들쑥날쑥하다. 비가 내렸었는데 바람이 불어 먹구름을 흩어 놓자 어느새 날이 화창해진다. 호숫가는 석양빛을 받아 다시 따스해지고 밝아지며, 산에는 붉은 살구꽃이 어지러이 피고 호수 위엔 초록 부평초가 평평하게 펼쳐져 있다. 생기가 충만하고 붉은색 푸른색이 선명한 중국 강남의 호숫가 풍경이다. 이 아름다운 광경을 배경으로 흰 기러기가 날고 꾀꼬리가 지저귀는데, 무슨 일인지 기러기는 몸이 무거운 듯 날개를 낮게 드리운 채 날고 꾀꼬리는 지저귀는 법을 제대로 배우지 못했는지 소리가 거북하게 들린다.

필시 시인의 심경이 편하지 않은 것이리라. 누구나 와 보고 싶어 하고 동경하는 강남의 풍경을 앞에 두고 왜 이리 심사가 불편한 것일까. 그는 이곳 풍경에 문제가 있는 것이 아니라 자신이 늙고 쇠약해진 탓에 봄에 감격하고 흥분하는 마음이 줄어든 때문이라 하였다.

이 시는 그가 강주사마(江州司馬)로 좌천되어 장안에서 한참 떨어진 지금의 강서성(江西省) 구강시(九江市)로 온 지 얼마 되지 않았을 때 지은 것이다. 백거이는 큰 뜻을 품고 조정에 들어갔지만 뚜렷한 배경도 든든한 연줄도 없었기에 갈수록 정치적 입지가 좁아졌다. 마침 재상이 자객에 의해 피살되는 사건이 일어나자 이에 대한 조사를 철저히 할 것을 촉구하는 상소를 올렸다. 일이 잘못되려고 했는지 월권이라 비판을 받았고 그것이 빌미가 되어 결국 이곳까지 좌천된 것이다. 실망과 낙심에 정신이 아득하였을 것인데 무슨 경치인들 눈에 들어왔겠는가. 마흔다섯밖에 안 되었는데 늙고 병들었다 운운한 것은 과장이기도 하지만 좌천의 충격이 그만큼 컸기 때문이겠거니 헤아려 본다.

아무리 좋은 풍경, 좋은 음식, 좋은 것을 앞에 두어도 마음이 편치 않거나 몸이 아플 땐 흥이 나지 않는 법.《대학(大學)》에서 "마음에 있지 않으면 보아도 보이지 않고, 들어도 들리지 않으며, 먹어도 그 맛을 모른다."라고 말한 것이 바로 이런 경우에 해당할 것이다. 몸은 강남에 있지만 마음은 아직 장안(長安) 언저리를 헤매고 있기 때문에 그 부조화로 인한 갑갑함과 떨떠름함이 풍경묘사에 묻어난다.

이렇게 마음이 산란할 때는 무엇이 도움이 될까. 시를 같이 읽었던 분들은 이구동성으로 자연 속의 산책을 들었다. 홀로 걸으며 자연에서 받았던 인상을 떠올리거나 순간에 집중하다 보면 어느새 평정에 이를 수 있을 것이라 하였다. 송나라 시인 소식(蘇軾)이 적벽(赤壁) 아래에서 인생은 허무할 수밖에 없지만 조물주가 무진장 베풀어 놓은 자연을 벗 삼는다면 충일함을 느낄 수 있다고 한 것도 비슷한 맥락 아닐까.

하고 싶을 때 언제나 산책을 할 수 있으면 좋으련만 나는 와병 중에 꼼짝할 수 없는 때가 많았다. 그럴 때면 종종 자연묘사가 좋은 작품을 찾아 읽었다. 눈앞에 펼쳐진 것을 표현하기 위해 글자 하나하나를 신중하게 골랐을 한시 작가와 시를 쓸 수밖에 없었던 그 마음을 생각하며 머릿속으로 광경을 그려보곤 하였다. 몸은 침상에 있지만 마음만은 어디에도 얽매이지 않고 자유로이 거닐며 보고 듣고 만지고 향기 맡을 수 있었다. 비록 활자를 통해서이지만 괴테의 시처럼 "모든 햇살과 모든 나무, 모든 바다와 모든 꿈이 심장에 모였"던 것이다. 물론 내가 침울할 때는 시 속의 장면도 같이 시들하였고 기운이 있을 때는 풍경도 생동하였다. 그렇게 시간이 흐르자 어느새 나의 불안이나 근심도 시 속에 녹아들었고 주어진 삶을 자연스레 받아들이게 되었다.

백거이는 자신의 낙담을 자연 경물에 풀어내면서 그 시간을 견뎠고 헤세는 정원을 가꾸고 산책하며 자연의 이치를 깨달아 스스로를 정돈할 수 있었다. 나는 작품에 묘사된 자연을 보면서 아픈 나의 몸과 운명을 인정하게 되었는데, 내가 그 시기를 그다지 추하지 않게 보낼 수 있었던 것은 시를 통해서나마 순수한 자연에 접할 수 있었기 때문이 아닐까라고 생각하고 있다.

2장

—

강변에 꽃이
흐드러지니 이를 어쩌나

은은한 그리움에 관한 시들

잊지 못할
봄

강변에서 홀로 거닐며 꽃구경을 하며

두보 杜甫 (당)

강변에 꽃이 흐드러지니 이를 어쩌나

알릴 곳 없어 그저 미칠 지경이네.

서둘러 남쪽 마을로 술친구 찾아갔더니

그마저 열흘 전에 술 마시러 나가 침상만 덩그러니.

江畔獨步尋花　　강반독보심화

江上被花惱不徹,　강상피화뇌불철

無處告訴只顚狂.　무처고소지전광

走覓南鄰愛酒伴,　주멱남린애주반

經旬出飮獨空床.　경순출음독공상

봄 풍경 중 가장 극적이고 숨 막히는 장면은 역시나 흐드러지게 피어 있는 꽃무더기다. 어쩌자고 어김없이 늘 곱고 가녀린 자태로 우리를 황홀하게 하는가. 대견하고 예뻐서 연신 카메라를 들이대지만 그 감동의 십 분의 일도 전하지 못한다. 젊은 청춘들은 꽃을 배경으로 자신을 찍는다면, 중년들은 꽃 자체를 찍는다.

이 이유에 대해 생각해 본 적이 있다. 청춘은 그 자체로 꽃보다 빛나니 자신이 중심이고 나이 먹고 '자체발광'이 사라지면 그제야 꽃이 눈에 들어오기 때문 아닐까. 이 감동과 흥분을 누구와도 공유하고 싶지만 사진 몇 장으로는 충분하지 않다. 여기 당나라의 대표 시인인 두보도 비슷한 감정을 느끼고 있다. 공교롭게도 이 시는 두보 나이 쉰한 살, 바야흐로 중년에 접어든 때 지은 것이다.

얼마 전에 주차장에서 들은 나이 지긋한 두 어르신의 대화가 생각난다. 한 분이 다짜고짜 "저게 뭐여?" 하고 물으니 상대는 듣지 않고 본인 말만 하고 있다. 재차 "저게 뭐냐고?"라 몇 번이나 물으니 그제야 "뭐가?"라 대답한다. "저 환하고 이쁜 꽃이 뭐냐고?"라 물으니 큰 소리로 "뭐긴 뭐야 목련이지. 처음 봐?"라고 하자 "난 처음 봐… 이렇게 이쁜 거."라는 말씀에 내가 멈칫했다. 이 얼마나 아름답고 슬픈 대화인가. 아름다운 것이 눈에 들어오는 때를 이제야 맞으셨다. 그러고 보니 난 어제도 꽃밭에서 홀로 꽃 사진을 공들여 찍던 중년 남성을 보았다. 두보가 요즘 태어났으면 이들 대열에 반드시 끼었으리라.

두보는 평생 가난에 허덕이고 뜻을 제대로 펼치지 못해서인지 시도 침울하고 진지해 무거운 것이 많다. 젊어서부터 입신출세에 대한 희망을 품고 열심히 노력했지만 현실은 줄곧 그를 좌절시켰다. 게다가 전쟁까지 터지고 간신히 얻은 벼슬도 얼마 유지하지 못하게 되었으며 결국 가족을 이끌고 떠도는 신세가 되자 모든 게 절망스러웠다. 그러다 친구들의 도움으로 성도(成都)에 정착하게 되었는데 오랜만에 안정된 생활을 하면서 자연의 아름다움에 주목하며 맑고 평화로운 작품을 써 내게 되었다. 역시 사람은 삶에 여유가 있어야 생각도 밝아지고 윤기가 흐르는 모양이다.

이 시는 모두 일곱 수로 이루어져 있고 인용한 것은 첫 번째 시다. 아름다운 꽃 경치에 넋을 잃을 정도의 흥분이 고스란히 드러나 있는데, 다른 시에서 보기 어려운 시인의 귀엽고도 천진난만한 모습에 난 이 시를 아낀다. 너무나 아름다운 것을 보면 뭐라 표현하기 어려워 경탄만 나오기 마련이다. 두보 역시 긴 말이 필요 없이 "이를 어쩌나!"라 감탄하며 말문이 막힌다. 그동안 여러 봄을 겪어 왔지만 신산한 세월 때문인지 이렇게 정신이 아득해질 정도로 꽃이 다가온 적이 있었나 싶었을 것이다. "붓을 대기만 해도 신들린 듯 써진다(下筆如有神)"며 작가적 재능에 자부심을 갖고 있었던 그였지만 뭐라고 설명하기 어려운 감동을 구체적으로 전하기는 난감했는지 별다른 묘사가 없다. 화려한 글솜씨로도 도저히 자연의 조화를 구현할 수 없었을 것이다. 마치아무리 뛰어난 렌즈가 있다 해도 봄꽃의 아름다움을 제대로 전하기 어려운 것처럼. 두보는 감탄하다 "미칠 지경"이 되어 터질 듯한 감동과 설렘을 나누고 싶은 마음에 당장 벗을 찾아 나선다.

남쪽에 사는 친구를 서둘러 찾아간 것은 아마 그가 꽃을 보고흥분하는 중년 남자의 마음을 알아줄 만한 사람이라 여겼기 때문일 것이다. 역시나 유유상종 이심전심이라고, 그 친구도 벌써열흘 전에 봄을 즐기러 나가 버리고 없다. "어허… 사람 참 동작빠르네 그려."라며 주인 없는 빈방을 아쉽게 바라보며 차마 발걸음을 돌리지 못하는 시인. 떠나지 못한 채 어정쩡하게 서 있는그의 모습에 서운함이 번진다. 나는 두보에게 오는 길 내내 봄길을 걸으며 예쁜 모습을 가슴속에 한껏 담고 왔을 터이니 그 또한 좋지 않았냐며 위로의 말을 건네고 싶다.

우리가 봄꽃에 흥분하는 것은 이것이 한때이고 금방 지나갈것임을 알기 때문이다. 괴테가 "순간순간이, 이 찰나야말로 나의소유"라 했듯 청춘의 한때와 같은 이 봄을 찰나도 놓치지 않고 마음껏 누리고 싶은 마음이 있다. 두보 역시 패기만만하고 희망에 가득 찼던 자신의 젊은 시절을 꽃무더기에서 보았을지도 모르겠다. 나 역시 이제는 그 시절로 돌아갈 수 없어 서글픔이 차오를 때도 있지만, 꽃 한 송이 나뭇잎 하나도 귀히 여길 줄도 알게 되었고 함께 누리고픈 사람도 여럿 생겼기에 이전보다는 넉넉하고 여유롭다고 자위해 본다. 그러니 봄이 지나갔다고 젊음이 다했다고 낙담할 일만은 아니다. 두보도 저 봄만큼은 잊지 못할 것이다. 그 덕에 팍팍한 인생살이에서 이렇게 생기발랄하고 순진무구한 시를 남길 수 있었으니까.

이 밤의 값을
헤아릴 수 없다

봄밤

소식 蘇軾 (송)

봄밤의 한순간은 천금만큼 소중한데
꽃은 맑은 향기 뿜어내고 달빛엔 구름이 어른대네.
누각에서 들려오는 노래와 피리 소리 아련한데
뜰에는 그네가 내려진 채 밤은 깊어만 가네.

春宵   춘소

春宵一刻値千金,   춘소일각치천금

花有淸香月有陰.   화유청향월유음

歌管樓臺聲細細,   가관루대성세세

鞦韆院落夜沉沉.   추천원락야침침

　화사한 봄 경치는 시각적으로 굉장한 즐거움을 준다. 햇빛 아래 빛나는 꽃송이, 울긋불긋 갖가지 색으로 물들인 동산, 연두색 말간 잎을 틔우는 나무가 뿜어내는 생기와 매력은 두보 같은 대시인도 필설로 다 옮기지 못하고 감탄만 하지 않았던가. 겨우내 기다려서일까 봄이 유독 짧게 느껴지기 때문에 나는 한순간도 허투루 보내기 싫어 여기저기를 쑤시고 돌아다니며 부산스러운 시간을 보낸다. 반면 소식은 조금 다른 측면으로 봄에 다가간다.

　소식이 누구이던가. 조선의 선비라면 누구나 읊었던 〈적벽부(赤壁賦)〉의 작자이다. 아버지와 동생도 재능이 뛰어나 삼부자가 모두 당송팔대가(唐宋八大家)에 꼽히는 명문가 출신이다. '팔방미인'이라는 별명이 알려주듯 소식은 여러 방면에 소질이 있었는데, 시와 문장도 잘 썼지만 사(詞), 서화(書畵), 화론(畵論)과 문론(文論) 등에서도 뛰어난 성과가 있었다. 게다가 '동파육'이라는 요리를 고안했다거나 조운(朝雲)과의 로맨스 이야기도 전하니 이보다 더 인생을 다채롭고 재미있게 산 사람이 또 있을까 싶다.

　이런 것만 보면 그는 늘 승승장구하며 모든 이에게 사랑받는 삶을 살았을 것 같지만, 사실 유명세만큼 굴곡도 많았다. 그가 활동했던 북송 시기는 당쟁으로 조정이 늘 시끄러웠고 그 여파로 소식도 정치적으로 부침을 거듭하며 이곳저곳으로 오랜 기간 유배를 다녔다. 그렇게 명민하고 재주가 많으며 수많은 작품으로 지금까지 많은 사랑을 받지만, 그에게 평생에 걸쳐 이룬 업적이 무엇이냐는 물음에 별다른 말 없이 그저 "황주, 혜주, 담주뿐(黃州惠州儋州)"이라며 그간 거쳤던 유배지를 늘어놓는 대목을 보면 그의 심정이 느껴져 쓸쓸하다.

그는 유독 아름다운 것에 관심이 많았다. 그래서인지 이 시에서 시인이 그려내는 봄의 아름다움은 매우 감각적이다. 우선 시인은 햇빛 찬란한 봄이 아니라 이미 밤이 내린 봄을 선택한다. 저녁 마실 삼아 봄날 가로등 불빛에 환하게 빛나는 벚꽃 아래를 걷거나 퇴근길에 따스한 바람을 맞으며 고요한 달빛을 바라본 경험이 있는가? 온갖 생명이 소란스럽게 자기 존재를 드러내며 떠들어댄 시간이 지나고 해가 지고 난 후 봄의 느낌은 대낮의 그것과 사뭇 다르다. 헤세는 "우리가 살고 있는 감성적인 낮 시간의 삶은 절대로 순수하지 않다"고 하였는데 직접 눈으로 보고 귀로 듣지만 조그만 자극이나 변화에도 주의가 흐트러지고 온전히 집중하기 어렵기 때문에 본모습이 아니라는 의미일 것이다. 아마 소식도 빛 뒤에 숨은 봄의 본모습을 보고 싶었던 모양이다.

시인은 봄밤에 가격을 매긴다는 재밌는 발상으로 좋음을 표현한다. "와! 좋구나" 같은 식상한 감탄으로는 도저히 전할 수 없는 감동이 있어서 우리가 아는 가장 높은 가격인 '천금'을 제시하였는데, 이것은 값을 매길 수 없다는 뜻이다. 가로등도 없는 시절에 뭐가 보여 그리 좋으냐고? 밤 산책을 해보지 않은 사람들이 몰라서 하는 말이다. 꽃은 맑은 향기로 그 존재감을 드러내고, 달이 구름에 걸쳐 있어 달빛이 어른어른 온 세상에 움직임을 부여한다. 또한 어디선가 아련하게 노래와 피리 소리가 들리니 이 모든 것으로 공간이 꽉 차 있다. 차분하지만 결코 고독하지 않은 그런 봄밤인 것이다.

시인은 시선을 돌려 눈앞에 있는 그네를 바라본다. 밤은 깊어가는데 그네는 한낮의 부산함과 소란함을 뒤로하고 고요하게 자리하고 있다. 낮에 누군가 그네를 타며 봄을 신나게 즐기고 난 후 아쉬운 듯 돌아갔을 것이다. 들뜬 한낮이 지나고 뜰은 한가해졌지만 봄을 누렸던 이들이 토해 낸 숨결과 여운은 남아 있다. 비어 있지만 꽉 차 있는 봄의 순수한 모습, 이런 것을 고스란히 느낄 수 있기 때문에 봄밤은 무가보(無價寶), 정말 값을 따질 수 없는 것이다.

소식이 화려한 낮이 아니라 밤에 주목했던 그 마음을 생각해 본다. 뛰어난 재능과 매력으로 누구보다 빨리, 많이 인정받았지만 그만큼 시샘도 많이 받았고 고난도 여러 차례 겪었다. 한낮의 뜨거움과 밝음 같은 관심은 무자비하고 무차별적으로 모든 것을 까발린다. 사람들이 내뱉는 공격적인 언사나 오해에 일일이 해

명하는 것도 지치고 사람들 감정의 미세한 변화나 목소리의 높낮이에서 숨은 의미를 읽어 내는 것도 피곤한 일이다. "어머니 같은 밤이 감싸 안아 주리라."며 밤이 주는 위로를 예찬했던 헤세처럼 그 역시 외부의 자극이 무뎌지는 때에 비로소 고요를 찾고 자신다움을 회복했던 것 아닐까.

나는 그런 마음을 알 것 같다. 예전 병을 앓으며 칩거하고 있을 때 조금 운신할 수 있게 되면 밤 산책을 나갔다. 대낮의 눈부신 햇빛에 병색 짙은 내 몸이 적나라하게 드러나는 것도 싫었고 남이 날 보는 시선도 꺼려져 밤을 택해 걸었다. 어두움이라는 포대기가 위축된 몸을 잘 덮어 주듯 봄밤은 안전하고 평안하였다.

그중 잊지 못할 순간이 있는데 가로등에 빛나는 벚꽃을 본 때이다. 우리 집 앞에는 육중한 벚나무들이 많이 있어서 봄이 되면 이루 말할 수 없이 아름다웠는데 나는 내내 못 보다 그날 밤에 처음으로 벚꽃을 보았나 보다. 뜻밖의 황홀한 장면에 넋을 잃고 벚꽃 아래 한참을 서 있었다. 나는 아주 오랜만에 아름다운 것을 보고 감동한 것 같았다. 고통스럽다고 찡그린 나 말고 이쁜 것에 감탄하고 흥분 잘 하는 진짜 나를 오랜만에 다시 만난 것 같아 그 순간이 잊히지 않는다. 누구라도 이 시를 읽으면 자신이 경험했던 봄밤의 한 장면이 떠오를 것이고 그때가 바로 나를 마주한 소중한 순간이었음을 알아챌 수 있을 것이다. 이 시에는 그런 힘이 있다.

가라앉은
배

백거이를 양주에서 처음 만나 술자리에서 받은 시에 답하여

유우석 劉禹錫 (당)

파산과 초수는 처량한 곳인데
이 내 몸 23년 동안이나 이곳에 버려졌었네.
옛 친구를 그리며 〈문적부〉를 괜스레 읊어보기도 하다가
고향에 왔는데 썩은 도끼자루 든 사람 같이 모든 게 낯서네.
가라앉은 배 옆으로 돛단배들 무수히 지나가고
병든 나무 앞에는 모든 나무에 봄이 한창이네.

오늘 그대의 노래 한 곡조 들으며

잠시 술 한 잔에 의지해 정신을 차려 보리다.

酬樂天揚州初逢席上見贈	수락천양주초봉석상견증
巴山楚水凄涼地,	파산초수처량지
二十三年棄置身.	이십삼년기치신
懷舊空吟聞笛賦,	회구공음문적부
到鄉翻似爛柯人.	도향번사란가인
沉舟側畔千帆過,	침주측반천범과
病樹前頭萬木春.	병수전두만목춘
今日聽君歌一曲,	금일청군가일곡
暫憑杯酒長精神.	잠빙배주장정신

"효의 완성은 입신양명"이란 말을 듣고 자란 선비들은 대체로 과거급제하여 공명을 날리고자 하는 뚜렷한 삶의 목표가 있었다. 알다시피 시험을 준비하고 합격하는 것도 쉬운 일은 아니지만 정말 어려운 것은 사회에 진입하면서 시작된다. 눈치껏 일을 배우고 익히는 것도 어려운데 복잡한 인간관계며 낯선 힘의 역학관계까지 읽어 내야 하니 사회초년생에겐 모두 다 낯선 부호처럼 느껴졌을 것이다. 당시에도 품었던 뜻을 제대로 펼쳐 보지도 못한 채 좌절을 겪거나 좌천되는 경우가 부지기수였다.

유배를 가면 발걸음이 무겁겠지만 돌아올 때는 홀가분하다. 이백(李白)이 영왕(永王)의 반란에 연루되어 야랑(夜郎, 지금의 귀주성(貴州省))으로 유배령을 받고 가는 도중 사면을 받자 "천 리 길 강릉을 하루 만에" 나는 듯이 돌아왔다고 한 적이 있다. 그 런데 유우석의 경우는 달랐다. 그는 자그마치 23년의 세월을 무 력하게 보냈던 터라 돌아가는 발걸음이 가볍지 않았다. 그는 낙 양으로 돌아가는 도중 친구 백거이를 양주에서 만나게 되었다. 술잔을 앞에 놓고 회포를 풀지만 오랜만에 만난 친구와는 데면 데면하여 술자리가 어색하고 마음은 착잡하다. 잃어 버린 세월 을 누가 어떻게 보상해 줄 수 있겠는가. 백거이는 친구를 위로하 기 위해 〈유우석에게 취하여 주다(醉贈劉二十八使君)〉라는 시 를 짓는다. 그는 유우석에게 "운명이 사람을 짓누르고 있어서 어 쩔 수가 없었다"고 하면서 취기를 빌어 "재주와 명성이 번번이 꺾였는데, 23년 긴긴 귀양살이는 너무한 것 아닌가"라며 친구를 대신하여 분통을 터뜨린다.

내 상황에 대해 나보다 더 속상해하고 마음 아파하는 친구가 있으면 당사자는 오히려 화를 못 내고 차분해진다. 유우석은 친 구의 진심이 느끼고 마음이 좀 풀렸는지 자분자분 자신의 속내 를 드러내며 답시를 쓴다. 그는 23년간 유배지에 있었던 자신을 '버려진 몸'이라 부른다. 20대 초반 젊은 나이로 과거에 급제하여 관직에 발을 들여 놓고 왕숙문(王叔文), 유종원(柳宗元) 등과 함께 정치개혁을 꿈꾸었던 봄날 같은 때가 있었건만, 먼 땅으로 유배 가게 되자 누구도 가까이하려 하지 않고 무시하는 벌레 같은 존재가 된 것 같았다.

난 이 대목에서 늘 카프카의 《변신》이 떠오른다. 가족을 위해 헌신했던 그레고리가 하루아침에 벌레로 바뀌자 가족들은 순식간에 주먹을 치켜들고 매서운 눈초리로 "정말 이럴 거야?"라며 위협한다. 그런 가족들을 보며 느꼈던 불안과 당혹감을 시인도 느꼈을 것이다. 함께 조정에서 개혁을 꾀했던 친구도 누구는 죽기도 하고 누구는 재기하지 못하기도 하였으니, 자신이 품었던 이상이 이렇게 위험한 것이었나 수십 번도 더 자문했을 것이다. 게다가 고향에 돌아가도 모든 게 낯설 것이라 하였다. 세상 누구도 자신을 반겨 주지 않고 따스하게 품지 않아 시인은 두렵고 막막하다. 단테가 "제 그림자를 보고 놀라는 짐승처럼 겁을 먹고 머뭇거렸다"고 한 그 느낌이었을까.

다른 사람들은 잘만 사는 것 같은데 나만 뒤떨어졌다 생각될 때의 낙담과 조급한 마음을 시인은 인상적인 장면으로 비유한다. 가라앉은 배처럼 자신이 점점 물속으로 빠져들어 더 이상 아무것도 할 수 없는데 그 옆으로 돛단배들이 보란 듯이 쌩쌩 지나가고, 병들어 아무것도 열매 맺지 못하는 나무 앞에 봄꽃을 한창 피워 내며 자태를 자랑하는 나무가 있다. 좌절, 무력감, 질투로 얼룩진 인간적인 마음을 어찌나 잘 표현했는지. 난 병상에서 이 시를 읽은 적이 있는데, 이 비유에 나의 저 밑바닥 마음이 들켜 버린 것 같아 한동안 병원 복도를 서성였다. 티브이에 나오는 배우만 보아도 부럽다 못해 질투를 느꼈고 신간 서적을 냈다는 동료 소식에 축하를 보내다가도 금세 샘이 났다. 사람들이 나만 빼놓자고 작당모의하는 것 같았지만 나는 꼼짝 할 수 없었다. 그들의 삶은 반짝반짝 빛나고 따스한 봄 햇살 같았지만 나는 변덕스럽고 불안정한 봄 날씨 같았다.

그러나 유우석에게는 백거이라는 마음을 알아주는 벗이 있었고, 친구를 봐서라도 복잡한 감정을 수습해 힘을 내어야겠다고 여겼다. 프랑스 소설가 아니 에르노가 "쓰지 않으면 사건은 그 끝을 보지 못한다."고 했던가, 시인도 그간 묵혔던 진심을 털어놓자 마음이 좀 가벼워져서 술 한 잔을 기울이며 정신을 차려본다고 하였다. 그는 이날 밤을 보낸 후 인생의 새로운 페이지로 진입할 용기를 얻어 낙양으로 돌아갔을 것이다.

인생이라는 어렵고 긴 길에 뾰족한 해법이란 애초에 없다. 실족할 때도 있고 발버둥을 쳐도 입구가 보이지 않을 때도 있다. 그렇다고 남과 비교하는 것은 하등 도움이 되지 않고, 진정한 친구에게 답답한 속을 털어놓으며 고난의 시간을 참다 보면 그 시간도 견뎌지고 두려움도 엷어지리라. 유우석은 이 시를 지은 이후로도 승승장구하지는 않았다. 여전히 중앙과 지방을 오가는 삶을 살았지만 더 이상 자괴감에 괴로워하지 않았고 시문에 정진하여 지금까지 많은 사람에게 애송되는 훌륭한 작품을 많이 남겼다. 어찌 보면 이것이 진정한 승리이다.

걷는 기쁨

매화 찾아 눈길을 나서다

맹호연 孟浩然 (당)

엄동설한에 눈꽃이 나부끼고

거위 털과 같은 큰 눈이 어지러이 흩날리는데

호연은 매서운 바람서리를 무릅쓰고

눈 밟으며 매화 찾아 즐거이 거닐고 있네.

踏雪尋梅   답설심매

數九寒天雪花飄,   수구한천설화표

大雪紛飛似鵝毛.　대설분비사아모

浩然不辭風霜苦,　호연불사풍상고

踏雪尋梅樂逍遙.　답설심매락소요

팽개쳐 둔 소국 화분이 꽃을 피워 냈다. 저러다 말라 죽겠거
니 하며 관심도 두지 않았는데 꽃을 피웠다. 기특하고 미안해서
호들갑을 떨며 신통방통함을 널리 알렸고 축하를 받았는데, 이
것은 나만의 일이 아닌 것이 잠잠하던 식물이 갑자기 꽃을 피우
면 그 댁에 좋은 일이 있을 것 같다며 덕담을 나누는 문화가 있
지 않은가. 식물은 환경이 너무 좋거나 편안하면 오히려 꽃을 안
피운다고 한다. 고난을 겪으며 살고자 하는 뜻이 강렬할 때 모든
생물은 가장 아름다운 모습이 되나 보다.

　매화는 훨씬 더 혹독한 환경에서 핀다. 아직 추위가 채 가시지
않은 이른 봄에 가장 먼저 피기 때문에 예로부터 지조 있는 선비
에 비유하며 귀히 여겼다. 육조 시기 시인 포조(鮑照)는 여러 꽃
중에 매화만이 찬탄을 들을 만하다며 그 이유로 "서리 속에서 꽃
피우고 이슬 속에서 열매 맺을 수 있기 때문"이라 하였다. 그도
그럴 것이 베란다에서 무관심 속에 피는 화분만 보아도 흥분하
는데, 혹독한 눈보라를 뚫고 핀 꽃을 보면 누군들 감동하지 않겠
는가. 실제로 감동을 넘어 매화에 집착하는 '덕후'들이 숱하게 많
았다. 매화를 아내로 삼았다는 송나라 시인 임포(林逋)를 비롯하

여 유언으로 "매화에 물을 주어라"라는 말을 남겼던 조선의 이퇴계까지 절절한 매화사랑은 끝없이 이어진다.

그중 한 자리를 차지하는 이가 맹호연이다. 그는 마흔이 다 되어서야 과거시험에 응시했으나 낙방하였고 그 후 줄곧 은거했던 사람이었다. "황망 중에 보낸 30년 세월, 학문과 무예 둘 다 이룬 게 없다."며 산수자연에 몸을 맡겼지만 평생 트이지 않는 운명에 대해 답답해하였다. 그가 매화를 찾아 나선 것은 불안에 대한 나름의 해법이 아니었을까. 고난 중에 꽃 피우는 존재를 두 눈으로 확인하고 싶은 마음이 있었을 것이다.

추운 겨울, 시인은 궂은 날씨에 매화를 찾아 나선다. 굵은 함박눈이 내리고 매서운 바람도 분다. 하필 이런 날 굳이 꽃을 찾는다고 나설 것인가. 상식적으로 이해가 안 가지만 시인은 매화를 찾아 집을 나서는 순간부터 은근히 즐기는 듯 보인다. 함박눈도 거위털 같다고 하면서 마음이 느긋하다. 사실 매화 찾기는 일종의 유희다. 재미도 있고 의미도 있으니 날씨쯤은 그다지 괘념치 않는다. 하기야 멋쟁이들은 한여름에도 가죽 장화를 신는 법, 풍류로 둘째가라면 서러울 그이니 당당히 눈 속을 헤치고 나갔을 것이다. 결국 시인은 과연 매화를 찾았을까? 그는 딴청을 부리고 있다. 매화 찾았단 얘기는 쓰지 않고 눈을 밟아가면서 천천히 소요했다고만 하였다.

매화를 찾아서 고결한 자태를 보고 선비의 꼿꼿한 정신을 되

새겼는가 여부는 그에게 하나도 중요하지 않다. 매화를 찾아 이
리저리 다니며 작년의 매화가 어떠했나 떠올려 보기도 하고, 올
해는 매화가 어떻게 피었고 매화를 보면 누구와 감동을 나눌까
등등을 상상하며 이 시간을 충분히 누리고 있는 것이다. 매화를
찾아도 좋고 찾지 못해도 괜찮은, 그 과정 자체를 즐기는 모습이
다. 이런 사람이야말로 진정으로 멋을 아는 사람 아니던가.

　나는 목표를 세웠으면 뒤도 옆도 안 보고 일로매진하는 성격
이라 나를 마구 몰아세워 못살게 군다. 열심히 하는 게 다가 아
니라 잘해야 한다며 좋은 성과가 신속하게 나오기를 다그친다.
나 자신에게나 남에게나 한 치의 여유도 주지 않으니 얼마나 사
람이 강퍅할 것인가. 게다 나와 다른 성격을 이해하려고도 하지
않아 혼자 미치고 팔짝 뛴 적도 많다. 아마 맹호연이 내 옆에 있
었다면 눈 속에 나선다고 할 때 이미 내가 들들 볶아버렸을 것이
다. 이런 내가 한시를 가까이 한 것은 신이 베풀어 주신 은혜라
생각한다. 맹호연의 유연하고 여유 있는 태도를 보고 배우라는
신의 배려 말이다. 목표를 정해서 노력하는 삶도 좋지만 그 목표
에 이르는 과정 자체를 즐기는 "풍류적 삶의 방식"을 읽고 생각
좀 하라는 것 아닐까. 맹호연이 이러했으니 천하의 이백(李白)이
그를 "높은 산 같다"며 사랑하고 존경했을 것이다.

　진나라 시인 도연명(陶淵明)이 "일 년 수확이 얼마나 될지는
아직 알 수 없으나 눈앞의 농사일을 두고는 기쁘기 그지없네."라

는 시구를 남겼는데, 일의 성과에 관계없이 일 자체와 그것을 행하는 과정을 즐긴다는 의미다. 성취에 집착하다 보면 목표에만 집중하느라 과정은 그저 인내해야 하는 괴로운 단계로밖에 보지 못한다. 도연명과 맹호연 모두 자연에 몸을 맡긴 채 아름다운 시를 써낸 시인이어서일까, 한결 자연스럽고 여유 있게 과정을 즐길 줄 알았고 그를 위한 수고를 아끼지 않았다.

맹호연이 매화를 찾아가는 과정에 대한 이 시는 결국 내면이 유연하면서도 야문 사람의 즐거운 소요에 관한 이야기다. 생텍쥐페리가 《성채》에서 모든 것이 스러져 가도 슬프지 않은 것은 "목표를 향하는 것이 아니라 걷는 기쁨을 즐기는 것이니까"라고 한 것과도 상통한다. 동서고금을 막론하고 삶을 느긋하게 바라보아 자기만의 방식으로 차근차근 행복의 길로 갈 수 있는 태도는 부럽고도 배우고 싶은 대상이리라.

내면을
들여다보다

도를 깨닫다

비구니 (송)

종일토록 봄 찾아도 봄은 보이지 않아

짚신 닳도록 산봉우리에 구름까지 뒤졌네.

돌아와 미소 지으며 매화 가지 집어 코에 대니

봄은 이미 가지 끝에 잔뜩 담겨 있더라.

悟道詩   오도시

盡日尋春不見春,   진일심춘불견춘

芒鞋踏破嶺頭雲.   망혜답파령두운

歸來笑拈梅花嗅,   귀래소념매화후

春在枝頭已十分.   춘재지두이십분

당나라 시인 맹호연이 눈 속에 매화를 찾아다닌 이야기는 시인의 명성에 힘입어 널리 퍼졌다. 그의 에피소드는 멋진 시와 더불어 선비의 풍류란 무엇인가를 보여 주었지만 후대에는 조금 달리 받아들여졌다. 당나라 재상이었던 정계(鄭綮)와 송나라 문호 소식(蘇軾)이 "눈 속에서 나귀를 탄 맹호연이 이마 잔뜩 찌푸린 채 시 지으며 웅크리고 있다."라 하여 맹호연이 추위 속에 매화를 찾은 것은 시를 짓는 노력의 일환이었다는 해석에 권위가 실리게 되었다. 시를 잘 쓰고 싶은 마음으로 이른 봄이면 매화를 찾는 것이 시인묵객들의 중요한 행사가 되었고 조선의 선비들도 봄이면 매화를 찾는 이들 때문에 산어귀가 붐빌 정도였다 한다. 탐매(探梅) 활동은 어느새 시상을 얻고자 하는 선비들의 연례행사가 된 것이다.

이 시의 시인 역시 이런 유행을 의식하였는지 '봄'을 찾겠다고 온 산을 헤매는 것으로 시를 시작한다. '봄'이란 무엇일까? 따져 보면 봄은 시기, 때를 나타내는 추상명사이므로 시인이 구체적으로 무엇을 염두에 두고 봄을 찾는다 하는지 알 수 없다. 어쩌면 시인은 자신이 무엇을 찾아야 하는지도 모른 채 그저 봄과 관련된 막연한 무엇 정도로만 생각하며 일단 찾는 행위를 시작했는지도 모르겠다. 있을 만한 곳을 열어 보고 뒤지고 확인하지만 딱히 이거다 하는 게 없어 문밖으로 시선을 돌린다. 사는 동네와 근방을 다 훑었을 것이고 산꼭대기까지 올라 봉우리에 걸린 구름까지 들춰 보며 신이 닳도록 샅샅이 찾아 헤맨다. 아무리 해도 찾을 수가 없다. 결국 아무것도 얻지 못한 채 지친 몸으로 집에 돌아온다.

사실 이때까지도 시인은 자신이 찾고 있는 것이 무엇인지 막연하다. 그러다 제3구에서 반전이 일어난다. 돌아오면서 뭔가를 깨닫게 된 것이다. 추상적인 봄은 구체적인 꽃으로 드러나며 그것은 어디 멀리 있는 것이 아니라 바로 내 집 앞에 있었다는 사실 말이다. 매화 가지를 들고 그 은근한 향을 맡으면서 미소 지었던 것은 이것이 바로 자신이 찾던 봄이었고 그 어느 곳도 아닌 가까이에 있었다는 사실을 깨달았기 때문이다.

시인이 찾은 '봄'은 무엇에 대한 비유일까. 일반적으로 한시는 제목에 힌트가 있는 경우가 많아 이 시 역시 작자가 봄으로 '도'를 의도한 것이라고 생각하기 쉽다. 사실 이 제목은 시인이 쓴 것이 아니다. 제목도, 작가 이름도 없이 전해져 왔기 때문에 후대 사람들이 편의상 붙인 것이다. 판본에 따라 '봄을 찾아서(尋春)' 혹은 '매화 향기를 맡으며(嗅梅)'를 제목으로 쓰기도 한다. 물론 많은 이들이 작자가 비구니라는 것을 착안하여 봄을 불가의 도를 비유한 것으로 보았다. 득도를 위해 고행을 하다 도가 일상의 구체적인 행동이나 상황, 예를 들어 따뜻한 배려와 친절, 관용, 욕심을 내려놓는 것, 마음의 고요나 평화 같은 것으로 드러남을 깨닫는 과정을 담은 시로 본 것이다. 그 외에 독자에 따라 봄을 진리, 행복, 이상, 사랑, 영감(靈感) 등으로 해석하기도 하는데, 이처럼 다양하게 해석이 열려 있다는 점이 이 시의 묘미다.

홍미롭게도 나는 이 시를 볼 때마다 감상 포인트가 달라졌다. 처음에는 '봄'의 의미가 궁금했다. 봄은 내가 의미를 두고 있는 가치나 지향, 목표라 생각했으므로 어떤 때에는 사랑이었고, 어떤 때에는 진리였는데 근래에는 평안과 행복을 떠올린다. 그다음 읽을 때는 봄을 찾기 위해 집을 나서는 장면이 인상적으로 다가왔다. 이백도 "세상 사는 길 어렵구나, 그 길은 어렵고말고."라 한탄했듯 그냥 살기도 힘든데 무슨 부귀영화를 누리겠다고 익숙함을 떨치고 거친 세상으로 나간단 말인가. 그러나 용기를 내어 분연히 일어나서 나서지 않으면 얻어지는 것이 없고 가만히 앉아서 주어지는 것은 더더욱 없는 것이 세상 이치더라.

어떤 때에는 어느 순간 멈춰서 집으로 돌아오는 장면이 와닿았다. 가던 길을 멈추고 방향을 수정하는 것은 쉬운 일이 아니다. 이제까지 해왔던 것을 부정하는 것이라 생각할 수도 있지만 실수하고 시행착오도 겪어 봐야 지혜가 생긴다. 고집스럽게 쥐었던 주먹을 펼 줄 알아야 새로운 것을 잡을 수 있으니까. 또 어떤 때에는 고생 끝에 혜안이 생겨 매화를 발견하는 장면이 좋기도 하였다. 당나라의 선승(禪僧) 황벽(黃蘗)은 "추위가 뼛속까지 사무치지 않았다면 코끝을 스치는 매화향을 어찌 얻을 수 있었겠는가."라고 하였는데 같은 맥락이다. 기쁨과 삶의 고귀한 가치는 고통의 과정을 거쳤을 때 진정으로 경험할 수 있다.

근래에는 찾던 것이 다른 어디도 아닌 바로 내 집 앞에 있는 장면이 감동을 준다. 평범한 일상, 늘 보는 가족, 지루하다 생각되는 나의 일에 가치를 둘 줄 아는 것이 삶을 평안하고 행복하게 가꾸는 조건임을 말해 주는 것 같았다. 그때그때 상황에 따라 나에게 와닿는 대목이 다르고 그것으로부터 내면을 들여다보게 되니 이 시야말로 현자의 시가 아닌가.

꺾이지 않는
마음

매화를 찾아

석 원조 釋 元肇 (송)

얼음과 눈이 시를 어서 지으라 재촉해 몸이 여윌 정도로
산 뒤와 산 앞을 몇 번이나 왔다 갔다 했던가.
그런데도 나뭇가지 끝에서 봄소식 만나지 못해
공연히 난간에 기대어 작년을 떠올려 보네.

探梅   탐매

氷雪催詩瘦入肩,   빙설최시수입견

幾回山後又山前. 기회산후우산전

枝頭不見春消息, 지두불견춘소식

空倚闌干憶去年. 공의란간억거년

　요즘은 화려한 벚꽃이 봄을 대표하지만, 고전 작품에서 봄의 전령은 단연코 매화이다. 따뜻한 봄볕에 피는 벚꽃과 달리 추위를 무릅쓰고 피기 때문에 고결하고 지조 있다고 보아 선비들이 매우 아꼈다. 예전에 탐매(探梅)를 주제로 한 전시를 본 적이 있다. 매화를 소재로 한 그림을 비롯해 도자기, 공예품과 장식물까지 매화가 촘촘히 사용된 것을 보니 매화만큼 우리가 좋아하는 꽃이 있을까 싶었다.

　매화가 필 때쯤 되면 일부 극성스러운 시인들은 진득하게 기다리지 않고 기어이 산에 올라 매화를 찾았다. 한파를 뚫고 눈을 헤치며 한두 송이라도 핀 매화를 보고 시를 쓰는 것은 일종의 '맹호연 따라하기' 유희 같은 것이었다. 시인들은 맹호연처럼 근사한 시를 남겨 풍류문인으로서의 명성을 얻고 싶은 욕심도 있었지만 고난 속에 꽃을 피워낸 것처럼 어려움에도 고결한 선비의 자세를 늘 기억하고 싶은 마음도 있었을 것이다.

　이 시의 작자는 송나라 때 시승으로 명성을 떨친 원조 스님이다. 그도 이 유행에서 자유롭지 못했나 보다. 스님이 쓴 탐매시는 대체로 구도(求道)의 시로 많이 읽히는데, 그도 탐매를 핑계로 그런 구도시를 짓고 싶은 바람이 있었던 것 같다.

시인은 얼음과 눈이 내리자 마음이 조급해진다. 벌써 산으로 나선 시벗들이 있었을 것이다. 너도 어서 매화를 찾아보라는 재촉을 듣는 듯해 서둘러 찾아 나선다. 몸이 여위도록 산을 몇 번이나 훑으며 뒤졌지만 어떤 가지에도 봄의 흔적이 없다. 나는 '몇 번이나'란 말에 코끝이 찡해 온다. 한 번 훑기도 어려운 게 산인데, 산 앞뒤로 몇 차례나 오가면서 손톱만 한 꽃송이를 찾겠다고 살이 쪽 빠질 정도로 여기저기를 샅샅이 뒤졌을 스님의 모습이 애처롭다. 다른 시인은 잘만 찾아서 시도 척척 쓰더니만, 원조 스님은 결국 실패하였다. 그저 집에 돌아와 고된 몸을 난간에 기대며 작년에 보았던 매화나 떠올릴 뿐 다른 방도가 없다.

매화를 제대로 보지도 못한 채 흐지부지 끝나버린 이 시를 읽고 난 "아니, 못 찾았다고? 그냥 이렇게 끝난거야?"라며 허탈감에 빠졌다. 다시 나가서 다른 데를 더 뒤져보든가, 다른 사람에게 매화를 어디서 봤냐고 물어보든가 해서 매화 가지 하나라도 보고 와서 어떻게든 마무리해야지 이렇게 흐지부지 끝내버리면 어떡하나 싶었다. 시인이 이끄는 대로 졸졸 따라가다 갑자기 손을 놓쳐 버린 것 같았다. 하지만 시시한 시였다면 지금까지 남아 있지 않았을 터. 내가 미처 읽어내지 못한 것이 있을 거라 믿고 다시 읽어 보았다.

내가 당황한 것은 들인 수고가 있다면 그만큼 수확이 있는 게 당연하다는 고정관념에 갇혀 있었기 때문이 아닐까. 시인이 최선을 다해 매화를 찾았지만 허탕치고 돌아오듯, 인생에서 노력과 성공이 늘 비례하진 않는다. 들인 수고가 아쉽고 허탈하지만 실패를 인정하고 그 시간을 견딜 수밖에 없는 때가 더 많다. 혹시 바라던 바를 이루거나 찾던 것을 찾았을 때의 만족과 기쁨을 경험해 보았다면 그것을 떠올리며 또 다른 희망을 품는 것이 그 시간을 보내는 데에 도움이 되기도 한다.

독일의 문호 괴테는 《파우스트》에서 "인간은 지향이 있는 한 방황한다."고 하지 않았던가. 마음속 깊이 열망과 솟구침이 있다면 매일 실패하더라도 다시 일어나 또 헤맬 수 있다는 뜻으로, 실패했다고 낙담하지 말고 언젠가는 이루리라는 소망을 품고 있으면 방황과 고통의 시간을 참아낼 수 있다는 말이기도 하다. 당나라 시인 원진(元稹)은 좌천을 당하자 아무짝에도 쓸모없는 자신을 자조한 적이 있다. 이를 보고 친구 백거이(白居易)가 그를 위로하면서 "옥의 진위를 가리려 해도 꼬박 사흘은 불에 태워 보아야 하고 재목감인지 구별하려 해도 7년은 기다려야 한다네."라 하였는데, 사람이든 사물이든 고난과 충분한 시간을 거쳐야 그 진면목이 드러난다는 뜻이다. 실패했다고 포기하지 말고 살면서 노력하다 보면 언젠가 너의 가치를 제대로 알아보는 이가 나타날 것이라 격려한 것이다.

그렇다면 원조 스님은 매화를 찾지 못한 것으로 구도의 뜻을 담아낸 것 아닐까? 매일 경을 읽고 면벽 수도하며 때론 토굴에 들어가 뼈를 깎는 노력을 들인다고 다 성불하던가. 그렇지 않다. 언젠가 진리를 깨달아 법열을 느끼는 때가 있으리라는 소망을 품고 하루하루 정진할 뿐이라는 것을 못 찾고 만 매화로 말하고 싶었던 것이다.

나 역시 아이들 때문에 고민할 때나 열심히 해도 성과가 나지 않을 때, 혹은 아파서 주저앉고 싶을 때 고난을 극복한 성공 신화보다는 실패를 견딘 채 일상을 묵묵히 살아간 이들의 이야기가 더 마음에 와닿았다. 앞에서 본 송나라 비구니의 시처럼 매화를 찾아내어 멋진 깨달음의 시를 완성하는 것도 의미가 있지만, 혹여 찾지 못했다 하더라도 언젠가는 찾을 수 있을 거라는 희망을 가지고 실패의 시간을 감당하는 원조 스님의 시 같은 것이 보통의 우리에게 더욱 노긋하게 다가온다. 결국 중요한 것은 '꺾이지 않는 마음'이니까.

한가로움을
훔치다

학림사 승방에 쓰다

이섭 李涉 (당)

종일토록 정신이 흐릿해 취한 듯 꿈꾸는 듯했었는데
갑자기 봄 지나간다는 소식에 억지로 산에 올랐네.
대나무 정원을 지나다 스님을 만나 이야기 나누니
덧없는 인생에서 반나절만큼의 여유를 훔친 셈이네.

題鶴林寺僧舍　　　제학림사승사
終日昏昏醉夢間,　　종일혼혼취몽간

忽聞春盡强登山.　　홀문춘진강등산

因過竹院逢僧話,　　인과죽원봉승화

偸得浮生半日閑.　　투득부생반일한

　우리는 시시포스의 신화처럼 끝없이 바위를 굴리는 고단한 삶을 살아가고 있다. 아들들이 밤늦게 구깃구깃한 모습으로 퇴근해 들어와 말없이 아이스크림 하나를 먹고 침대에 쓰러지는 것을 보면 난 시시포스의 이야기가 생각난다. 몇 시간 눈 붙이고 다시 나가겠고 또 들어와 아이스크림 하나로 위로를 삼겠지. 삶은 누구에게나 공평하게 어렵다는 말이 실감이 난다. 헤세가 "험난한 날을 그렇게 많이 보냈건만 평화와 휴식은 도대체 언제 오는가?"라 물었듯 우리에게 정녕 휴식은 언제나 주어질까?

　당나라 시인 이섭은 산에서 은거하다 나와 벼슬을 했기 때문에 속세의 속도나 번잡함이 더더욱 낯설게 느껴졌을 것이다. 안 해 보았던 일을 해야 하고 만나야 하는 사람도 많으며 적당히 눈치도 보고 말도 가려서 해야 하니 피곤하지 않았겠는가. 늘 긴장하면서 주어진 일을 처리하느라 분주한 일상을 보내지만 어쩐지 정신은 더 흐릿하여 취한 듯 꿈을 꾸는 듯하다. 뭔가 놓친 듯하고 잃어버린 듯하지만 그것이 무엇인지도 모른 채 하루하루 흘려보내고 있다.

　문득 봄이 다 갔다는 얘기를 듣고 시인은 마음이 조급해진다.

다 지나버린 봄의 끄트머리라도 붙잡으려고 억지로 산에 오른다. 나는 '억지로'라는 단어에 마음이 간다. 가고 싶은 마음과 갈 수 없는 상황, 봄을 누리는 사람들에 대한 부러움과 자신의 처지에 대한 자각 사이에서 갈팡질팡하다 결국 가야겠다는 쪽으로 기울어 없는 시간을 무리하게 쪼개어 산에 오른 것이다.

박사논문을 쓸 때 지도교수님이 이렇게 바쁠수록 운동하는 시간을 꼭 가지란 말씀을 해주신 적이 있다. 그 당시에는 아이 키우랴 살림하랴 공부하랴 정말 맘 놓고 잠 한번 못 자던 때인지라 운동은 나에겐 사치라고 여겼다. 그러나 그 말씀이 너무도 적절한 조언이었음을 깨닫게 되는 데에는 오랜 시간이 걸리지 않았다. 그때 억지로라도 운동 시간을 가졌더라면 몸을 움직이는 것도 좋았겠지만 그 시간 동안 긴장된 뇌를 쉬게 하면서 복잡한 생각의 실타래를 풀어내어 더 좋은 논문을 쓸 수 있었을 텐데라며 후회하곤 했다.

나와 달리 시인은 나가기로 결단한다. 그는 산을 오르며 무엇을 생각했을까. 난 아무 생각도 하지 않았을 거라 상상한다. 그간 너무 많은 생각을 하느라 지쳐버린 머리를 식히고 오직 발끝에만 집중해서 흙을 딛고 돌을 밟았을 것이다. 산을 오르며 보았을 풍경이 전혀 묘사되어 있지 않은 것으로 보아 봄을 핑계로 나오긴 했지만 늦봄의 풍광은 그의 관심사가 아니었던 것 같다. 땀을 흘리며 속세의 먼지를 씻어 내고 잡념도 덜어내고픈 마음이 더 크지 않았을까. 그가 마침내 이른 곳은 푸른 대나무가 있는 학림사라는 사찰이었고 그곳에서 우연히 스님을 만난다. 인적이 드물어서인지 이 둘은 금세 마음을 터놓고 이야기를 나눈다. 속세에서 다들 관심 갖고 있는 주제인 부귀권세와는 분명 다른 청량하고 고상한 이야기였을 것이다. 시인은 이 경험이 무척 좋았나 보다. 이제까지 인생은 덧없다고 생각했었는데 반나절의 여유로 한결 힘이 나니 말이다.

한가로움이란 할 일이 없다는 뜻이 아니다. 일이 없는 것은 무료한 것이고, 한가로움은 애써 훔쳐서라도 가질 필요가 있는 정신상의 휴식을 뜻한다. 당나라 시인 한유(韓愈)가 친구 장적(張籍)에게 "관직생활이 분주하고 몸이 늙었다고 말하지 말지니 봄을 즐기는 젊은이다운 마음이 없는 것이겠지."라며 어서 강가에 나가 버드나무를 감상하라고 권한 적이 있다. 장적처럼 이런저런 핑계를 대며 여유 갖는 것을 소홀히 하는 것은 어쩌면 삶을 억누르는 불안 때문일 것이다. 그러나 여산(廬山)의 진면목(眞面目)은 그 안에서는 볼 수 없듯, 일상에서 빠져나와야 불안과 거리를 둘 수 있고 자신을 객관적으로 대할 수 있다. 한유는 장적이 봄을 즐기는 마음을 회복하여 단단한 마음새를 가지면 좋겠다는 의도로 저런 시를 써 주었던 것이다.

나는 이런 부정적인 감정이 차오르면 '투한습정'이란 단어를 떠올린다. 국문학자인 정민 교수가 이 시에 나온 한가로움을 훔

치라는 말인 '투한(偸閑)'과 고요함에 익숙해지란 말인 '습정(習
靜)'을 붙여 만든 성어인데, 한가함을 애써 확보하여 마음속에 평
안을 깃들이는 것이 부박한 세상을 살아가는 데 무엇보다 중요
한 태도임을 강조한 말이다. 그렇다면 이 바쁜 세상에서 어떻게
한가함을 얻을 것인가. 한가함을 얻는 방법은 사람마다 다르다.
헤세는 "노래를 부르고, 경건하게 행동하고, 술을 마시고, 음악
을 연주하고, 시를 짓고, 산책을 나가는 것" 등 다양한 방법을 제
시하였고, 정치학자 김영민 교수는 잔잔한 영화를 보는 것이 "신
산한 삶의 시간을 견디"게 해준다고 하였다. 누구는 운동을 하고
누구는 달콤한 디저트를 찾으며 누구는 정원을 가꾸고 누구는
뜨개질을 한다. 그러나 이것을 어느 날 갑자기 하게 되지는 않는
다. 계기가 필요하달까.

　나는 병을 앓기 전까지는 한가함에 대한 생각을 하지 못했다.
조금이라도 시간이 나면 할 일이 끝도 없이 있었다. 그러다가 병
이 나자 나에게 무엇이 의미가 있고 어떤 것이 필요한지 생각할
기회를 얻게 되었다. 나는 늘 우선순위에서 밀렸던 그림을 그리
고 싶었다. 그림은 보는 것도 그리는 것도 좋아했지만 도무지 틈
을 못 내었는데 아무것도 할 수 없을 때야 비로소 시작할 수 있
었다. 그리는 행위는 나의 고통도 번뇌도 잊게 하였다. 이섭이
반나절의 정도의 시간을 할애하여 흐릿함에서 벗어났듯 나도 반
나절 동안 그림을 그리고 나면 명상을 한 듯 몸이 가볍고 뭐든

할 수 있을 것 같았다. 이 짧은 시간의 여유가 결국 나의 삶을 지
탱할 수 있다는 것을 앞으로도 잊지 않았으면 좋겠다.

내 삶의
양지

어린 아들을 생각하며

두보 杜甫 (당)

봄이 되었어도 그 녀석과는 여전히 떨어져 있는데

꾀꼬리 노래소리 날이 따스해질수록 수다스럽네.

헤어진 후론 계절이 바뀔 때마다 깜짝 놀라나니

내 새끼 똑똑한 것 누구와 이야기 나눌까.

시냇물은 빈산의 산길 따라 흐르고

사립문과 늙은 나무가 서 있는 마을에서

지내고 있을 그 아이 생각하며 근심 속에 겨우 잠을 청하는데 개인 날 창문 밑에 엎드리니 등이 따뜻하구나.

憶幼子	억유자
驥子春猶隔,	기자춘유격
鶯歌暖正繁.	앵가난정번
別離驚節換,	별리경절환
聰慧與誰論.	총혜여수론
澗水空山道,	간수공산도
柴門老樹村.	시문로수촌
憶渠愁只睡,	억거수지수
炙背俯晴軒.	자배부청헌

    부모가 되어 봐야 알게 되는 세상이 있다. 아이가 아니었다면 평생 모르고 지나갔을 상황도 있고 느껴보지 못할 감정도 있다. 자식을 낳아 키우는 것이 인내와 헌신이 필요해 어려운 것도 사실이지만 그 때문에 얻는 또 다른 차원의 행복과 기쁨은 어디서도 경험하기 어렵다. 나라를 근심하고 불우한 자신에 슬퍼하는 시인이라 할지라도 자식을 아끼고 사랑하며, 잘 가르쳐서 자기보다 훌륭한 사람이 될 것을 소망하는 마음은 한결같다. 동진(東晉) 시인 좌사(左思)는 말 그대로 '딸바보'로 두 딸의 천진난만한 모습을 눈에 선하게 묘사하였고 당나라 시인 위장(韋莊)도 옹알

대며 장난감을 가지고 노는 딸아이를 사랑스럽게 그렸다. 나는 딸이 없어서인지 아버지가 딸이 이뻐 죽겠다는 어조로 써 놓은 이런 시를 보면 천년도 훨씬 전 시인이지만 그렇게 부러울 수가 없다.

하지만 자식 키우는 데에 어찌 즐거움만 있겠는가. 신선처럼 살면서 인간의 삶에 얽매이고 싶지 않았던 이백(李白)은 멀리 떨어져 아비의 사랑을 받지 못하는 두 자녀를 떠올리며 "누가 등을 쓰다듬어 주고 또 아껴주랴"라며 속상해하였고, 전원에 은거하여 세상으로부터 거리를 두었던 도연명(陶淵明)은 아들 다섯이 모두 공부하는 것을 싫어하고 게으르며 먹는 것만 밝혀 자식 운이 없음을 한탄하였으니 아무리 세속을 초월하고 자유를 추구하고자 했어도 자식은 결코 내려놓을 수 없는 존재였다.

두보는 서른 살에 가정을 꾸렸다. 이때만 해도 벼슬을 해서 공을 세우려는 순수한 꿈을 지닌 청년이었는데 5년 후 아버지가 세상을 뜨자 급격하게 가세가 기울었고 삶의 방향도 예상치 못하게 바뀌었다. 약초를 캐어 내다 팔기도 하고 심지어 구걸도 했지만 늘 굶주림에 시달렸다. 보다 못해 아내와 아이들을 처가 쪽 친척이 있는 곳에 보낸다. 떠나는 가족들의 뒷모습을 볼 때 가장으로 얼마나 낙담했을까 싶지만 어린 아들이 굶어 죽는 참극을 당하자 젊은 아비는 아마 뵈는 게 없었을 것이다. 마침 안록산(安祿山)의 난이 터지자 두보는 무모한 계획을 세운다. 영무(靈

武)에서 즉위한 숙종(肅宗)에게 가서 충성심과 공을 인정받아 벼슬을 얻어 가족을 데려오겠다는 결심을 한 것이다. 일단 가족들을 시골에 피난시켜 놓은 후 자신은 장안(長安)을 떠난다. 그러나 얼마 가지도 못해 반란군에게 잡혀 구류되는 신세가 되고 만다. 어쩌면 일마다 이리 어긋나는지! 세상은 전쟁으로 엉망이라 자신도 어찌 될지 모르는데 피난을 가 있는 가족도 걱정이다.

두보는 이남 일녀를 두었는데 둘째 아들은 어려서부터 영특하고 아버지 시도 줄줄 외울 정도로 시에 관심이 많아 특별히 아꼈다. 두보는 《문선(文選)》을 읽으라 잔소리도 하고 시를 짓는 가업을 계승하는 것에 대해 이야기하는 등 둘째 아들에게 거는 기대가 컸다. 늘 침울하고 진지하여 내가 당시계의 '눈물의 여왕'이라 별명을 붙인 두보이지만 둘째 아들 종무를 생각하면 뿌듯하고 희망이 생기는 것 같았나 보다. 과감한 계획이 수포로 돌아가자 가장 마음에 걸렸던 것은 가족이었고 특히 자신을 닮은 종무가 눈에 밟혀 시를 쓴다.

지난해 8월에 반란군에 잡혔는데 가을과 겨울을 보낸 후 봄이 왔다. 계절이 벌써 세 번이나 바뀌어서 깜짝 놀라지만 가족에게 돌아갈 길은 요원하여 시인은 기운이 빠진다. 날이 따스해지면서 꾀꼬리가 신나게 우는데 그 소리에 재잘재잘 떠들었던 아이가 떠오른다. 그 아이의 총명함을 내가 얼마나 자랑스러워했던가. 아무것도 내세울 것 없는 자신이지만 이 똘똘한 아이의 아버지라는 자부심은 얼마나 그를 살맛나게 했던가.

자랑하고 싶어도 이야기 나눌 사람이 없다. 이 대목이 난 특히 인간적이라 느껴진다. 얼마 전에 만난 후배가 생각난다. 이 친구는 평소에 자기 자랑을 하거나 공치사를 하지 않는 진중한 사람인데 아들이 재수 끝에 서울대에 진학하자 그 기쁨을 숨기지 못했다. 자신의 후배가 되어 신나게 학교 다니는 모습이 어찌나 보기 좋은지를 나를 붙잡고 한참이나 얘기하였다. 그 친구가 그렇게 기뻐하는 모습은 처음 본 것 같았다. 그만큼 부모에게 영특한 아이는 큰 자랑이다. 내 아이가 나에게 이런 큰 기쁨을 준다는 것을 마음껏 얘기하고 싶은 그 보통의 마음을 누군들 이해하지 못할까.

그러면서도 시인은 아버지로서 공부도 시키고 격려도 해 줘야 할 텐데 그러지 못해 걱정스럽다. 좋은 시절 좋은 가문에 태어났다면 영특함을 잘 키울 수 있으련만 인적 드문 시골에서 피난 중이니 불안하고 속상해 잠도 오지 않는다. 그래도 아버지로서 아이를 생각하면 화창하게 갠 날 등에 닿는 따스한 봄볕처럼 기분이 좋다. 아무리 심신이 고단하고 세상에 대해 근심 걱정이 깊어도 그 아이는 시인에겐 작은 햇살 같은 희망이었다. 시인으로 최고의 경지에 올라 시성(詩聖)으로 불리는 대단한 시인 두보도 굶주린 자식 때문에 눈물 흘리고 영특한 자식 때문에 어깨에 힘이 들어가는 평범한 아버지였던 것이다.

송나라의 소식(蘇軾)은 태어난 지 한 달 된 아이를 두고 "그저 탈 없고 걱정 없이 공경대부에 올랐으면 좋겠네."라고 하며 파란만장한 자기와는 달리 무던하고 무탈하게 자라 누구와도 척지지 않는 큰 사람이 될 것을 바랐다. 한 달 된 아기를 놓고도 밝은 미래를 꿈꾸듯 아이 하나를 키우면서 우리는 얼마나 많은 소망을 품는가. 또 그 소망이 우리를 얼마나 강하게 하는가. 결국 시인 두보는 가족과 아들을 생각하는 힘으로 장안을 탈출하는 데 성공하여 꿈에 그리던 벼슬을 받게 되었다. 종무가 아버지의 이런 마음을 알아주어 당당하게 자라 주었으면 좋았을 텐데 안타깝게도 그에 관한 기록은 거의 찾아볼 수 없다. 그러나 누가 뭐래도 그의 존재는 평생 고독과 가난 속에 있었던 두보에게 한 뼘의 양지바른 땅뙈기 역할을 했을 것이다.

3장

—

해가 긴 날 잠에서 깨어 멍한 채로

고요한 깨달음에 관한 시들

한낮의
상념

초여름 잠에서 깨어

양만리 楊萬里 (송)

시디신 매실즙은 이 사이에서 터지고

파초 잎은 푸른 가닥으로 나뉘어 비단 창에 어른거리네.

해가 긴 날 잠에서 깨어 멍한 채로

버들꽃 잡으려는 아이들 한가로이 바라보네.

初夏睡起   초하수기

梅子流酸濺齒牙,   매자류산천치아

芭蕉分綠上窗紗.　파초분록상창사

日長睡起無情思,　일장수기무정사

閑看兒童捉柳花.　한간아동착류화

"산은 태곳적처럼 고요하고 해는 한 해처럼 길다."는 송나라 시인 당경(唐庚)이 쓴 여름 낮에 대한 묘사이다. 여름 낮의 지루하고 조용하며 느릿느릿 지나가는 느낌을 잘 포착했다고 생각한다. 날이 더우면 오가는 사람도 뜸하고 외출도 꺼려지며 집에서 책을 보거나 일하는 것도 어려워지니 달리 시간을 보낼 방법을 생각하게 된다.

송나라 시인 양만리는 매우 부지런한 사람이었다. 평생 다작하여 시가 20,000수나 된다는 기록이 있다. 50년간 시를 썼다면 하루에 한두 수를 매일 썼다는 계산이 나온다. 이렇게 근면성실한 데다가 여러 관직을 두루 거치느라 늘 분주했던 사람인데 한가롭게 낮잠을 잔 것은 현직에서 물러났기 때문일 것이다. 시인은 금나라에 항쟁하자는 주장을 했으나 받아들여지지 않자 칩거하였는데, 비록 울분이 불끈불끈 올라오고 나라에 대한 근심으로 마음이 편치 않지만 낮잠을 잘 수 있는 충분한 환경은 되었던 것 같다.

그는 초여름 어느 날 낮잠을 자고 일어났다. 입이 텁텁해서일까 매실을 한 입 깨무니 상큼하고 신 즙이 입안에 퍼진다. 정신이 번쩍 들 정도의 신맛은 지친 심신을 끌어올려주는 여름의 맛이다. 창문 밖으로 푸른 파초 잎의 그림자가 어른거리는데 햇볕에 여러 갈래로 뻗은 파초 잎은 여름의 풍경이다. 주변은 고적하고 시인은 혼자다. 그런데 밖에서 아이들의 소리가 들린다. 시인은 아직도 잠에서 완전히 깨지 않아 멍한 채로 아이들이 날아다니는 버들꽃을 잡으러 이리저리 뛰어다니는 모습을 바라본다. 모든 것이 싱싱하고 동적이며 생명의 기운을 뿜어내고 있지만 오직 시인만이 멈춰서 흐릿한 눈으로 물끄러미 바라보고 있다.

나는 여기서 '착(捉)', 즉 붙잡는다는 뜻의 글자를 눈여겨본다. 무엇을 붙잡는 것은 목표나 욕망이 있다는 것을 비유한다. 아이처럼 활기차고 세상 물정 모를 때면 붙잡고 싶은 것이 많다. 그런데 그것이 하필 바람에 이리저리 날리다 금방 사라지는 버들꽃이다. 잡으려 해도 좀처럼 잡히지 않지만 잡았다 하여도 손을 펴 보면 별 흔적이 없는 허망한 것이다.

나는 이 대목에서 마네(Manet)의 〈비눗방울〉이란 그림을 떠올린다. 소년이 조심조심 집중하여 비눗방울을 만들고 있는데, 그것을 보는 우리는 그 방울이 금방 터질 것 같아 아슬아슬하다. 이 그림을 그린 마네와 같이 양만리도 버들꽃을 붙잡고자 하는 아이들을 보는 심경이 그리 단순하지는 않았던 것 같다. 초여름과 같은 활달한 기세가 보기 좋기도 하면서 한편으로는 위태로워 보인 것이다. 더불어 티 없는 아이들에게 불확실한 미래 외에 아무것도 줄 수 없는 무력감도 느껴지면서, 결코 움켜쥘 수 없는 것을 잡겠다고 애썼던 자신의 과거와 첩거하며 노쇠해 가는 현재가 겹쳐 보이며 인간은 결국 덧없는 것을 좇는 존재라는 생각을 했을 것이다. 나는 생동하는 여름과 아이들 그리고 잠에서 깬 나른한 시인의 뚜렷한 대조에서 시인이 가졌을 착잡한 심정을 읽는다.

그런데 새로운 해석을 한 이가 있었다. 장성한 아이들을 둔 한 시벗이 마지막 구를 보며 밤잠을 설쳤다고 하면서 '간(看)'의 풀이를 다르게 하였다. 이 글자는 '간호' '간병'에 쓰는 것이라 그냥 보는 것이 아니라 애틋한 돌봄의 마음을 담아 보는 것 아니냐며 젊은 아이들이 무엇인가를 잡으려 온 마음과 정신을 쏟고 있지만 부모로서 그저 사랑과 애틋함을 담아 지켜볼 수밖에 없는 안타까운 마음이 이 구절에서 느껴진다고 하였다. 아닌 게 아니라, '간(看)'은 눈(目)에 손(手)을 올려놓고 세심하게 관찰한다는 뜻이고 '한(閑)'은 한가하다는 뜻도 있지만 무심하다는 의미도 있다. 자녀가 성장하며 노력하는 모습을 세심하게 관찰하되 마음을 내려놓고 무심한 듯 그들이 좌충우돌하며 뻗어나가는 모습을 보아 주는 것. 이런 간절한 마음을 담은 부모의 모습이 마지막 구에 담겨 있는 것 같다 하였다. 나 역시 아들들이 제 몫 하려고 애쓰는 모습을 보면 애가 타면서도 어쩌지 못하거나 거리를 두고 살펴볼 수밖에 없었던 때가 많았으므로 그 마음에 충분히 공감할 수 있었다. 나는 이 풀이가 마음에 든다. 무료한 어느 날 노쇠한 시인이 어린이의 순수한 행동을 보며 나른한 상념에 빠져드는 장면을 어머니의 시선으로 바꾸어 보면 새로운 의미를 더할 수 있다. 이 맛에 고전시를 읽는 것 아니겠는가.

장맛비를 견디며
무지개를 만들다

장맛비 내리는 망천장에서 짓다

왕유 王維 (당)

장맛비 내린 빈 숲 사이로 연기 느릿느릿 피어오르고

명아주 삶고 기장밥 지어 동쪽 밭으로 내보낸다.

드넓은 논 위로는 흰 해오라기가 날고

울창한 여름 나무숲에는 노란 꾀꼬리가 지저귄다.

고요를 익히면서 산속에 핀 무궁화를 보고

소식하려고 소나무 밑에 자란 아욱을 딴다.

시골 노인은 사람들과 더 이상 자리를 다투지 않는데

갈매기는 무슨 일로 아직도 의심하는가!

積雨輞川莊作	적우망천장작
積雨空林煙火遲,	적우공림연화지
蒸藜炊黍餉東菑.	증려취서향동치
漠漠水田飛白鷺,	막막수전비백로
陰陰夏木囀黃鸝.	음음하목전황리
山中習靜觀朝槿,	산중습정관조근
松下淸齋折露葵.	송하청재절로규
野老與人爭席罷,	야로여인쟁석파
海鷗何事更相疑.	해구하사갱상의

　살면서 겪는 괴로움, 피로, 슬픔 따위를 털어버리기 위해 우린 여러 방법을 모색하는데 그중 가장 쉽고도 효과가 좋은 것은 자연을 찾는 것이다. 미국의 철학자이자 문학가인 소로(Thoreau)가 "인생의 본질적인 사실들만 직면해 보려고" 숲으로 들어갔다고 했듯 자연 안에서는 무엇이 본질인지 쉽게 드러나므로 삶의 군더더기를 덜어낼 수 있다.

　왕유가 그것을 막연하게나마 깨달은 것은 이십 대 초반 관직 생활을 시작한 지 일 년도 안 되었을 무렵이었다. 어린 나이에 아버지를 여의고 가난하게 자랐던 그는 열심히 노력해 15세에 이미 재능을 인정받았고 21세에 진사가 되어 궁중음악을 관장하는 태악승(太樂丞)에 올랐다. 웅지를 품고 관직에 발을 들여놓자마자 한 사건에 연루되어 좌천되었는데, 누구에게나 인정과 사랑을 받았던 젊은이가 갑자기 좌절을 겪자 세상인심에 대해 큰 충격을 받는다. 이때부터 그는 자연에 마음을 두었고 시간이 가면서 은둔에 대한 꿈을 키우게 되었다.

세속적 욕망의 부박함과 복잡함에서 잠시라도 벗어나고 싶은 마음은 우리 같은 보통 사람도 충분히 공감한다. 당장 어떻게 할 수 없기 때문에 그저 〈나는 자연인이다〉 같은 티브이 프로그램을 보며 대리만족하거나 오도이촌의 삶은 가능하지 않을까 싶어 시골집 소개 영상을 찾아보며 꿈을 꾸는 것이다. 왕유는 "세상살이가 나를 얽맨다"고 하면서 가난한 집의 장남이라 돌봐야 할 형제들이 있어서 귀은(歸隱)하고 싶어도 벼슬살이를 계속할 수밖에 없다고 하였다. 대신 그는 벼슬하는 동안 짬짬이 자연에서 지내는 시간을 갖는다. 고요한 것을 좋아하는 그의 성격상 복잡한 관직 사회가 주는 피로를 견디려면 그런 시간이 필요했을 것이다.

그러다 마흔 중반에 드디어 결심을 한다. 당나라 초기 시인이었던 송지문(宋之問)의 별장을 인수하면서 역관역은(亦官亦隱) 생활을 하기로 마음먹은 것이다. 모든 것을 떨쳐버리고 자연에 완전히 귀의할 수도 없고 그렇다고 남들처럼 열심히 관직 생활 하는 것도 맞지 않으니 벼슬을 하면서 별장을 오가며 휴식하는 타협점을 찾았다. 기록에 따르면 그의 별장은 냇물이 감돌며 흐르고 물 섬에 대나무가 자라고 있으며 꽃밭이 있는 아름다운 곳이었다. 벗과 배를 타고 물놀이를 하거나 거문고를 타며 노래를 부르기도 하면서 벼슬살이에서 얻은 상처와 피로를 달랬다. 왕유는 이곳이 퍽 마음에 들었는지 조정에서 물러난 후 딴생각을 안 하고 바로 망천장으로 들어가 향을 사르고 참선하였으며 선염불을 일로 삼았다고 한다.

나는 오랫동안 왕유의 시를 읽으며 별장이 어떤 모습일까 멋대로 상상하기도 하고 나도 시골에 별장 같은 게 있어서 책도 보고 그림도 그릴 수 있으면 좋겠다고 생각하곤 했다. 그러다 얼마 전에 대만에서 송나라 곽충서(郭忠恕)가 임모한 왕유의 〈망천도(輞川圖)〉를 보았다. 왕유는 화가이기도 해서 자신이 아꼈던 별장을 여러 번 그렸을 테지만 지금 우리에게는 임모한 것만 남아 있다. 이 그림은 별장의 곳곳을 담은 것으로 크기가 꽤 커서 시인이 소박하게 읊은 별장의 규모가 실은 대단한 것이었음을 알게 돼 살짝 배신감이 들었다. 왕유 씨, 이런 데 사셨어요? 굉장하네요.

이 시는 어느 여름날 장마가 걷힌 뒤 별장 부근의 풍경을 담고 있다. 오래 지속되었던 장맛비가 그치고 나면 사람도 자연도 분주하다. 비 때문에 한동안 농사를 못 지었기 때문에 부지런히 몸을 놀리고 있을 것이다. 밥 때가 되었으니 그들을 위해 명아주를 삶고 기장밥을 지어 소박하지만 따뜻한 끼니를 내어 간다. 물이 잔뜩 불어난 논 위로 오랜만에 날개짓 하는 백로의 자태와 맑은소리를 뽐내며 흥겨움을 더해 주는 꾀꼬리의 울음소리는 눈과 귀를 풍요롭게 만들어 비가 그친 후의 여름날 정취를 더해 주고 있다.

시인은 한 발 떨어져 평화롭고 활기찬 농촌을 고요히 지켜보고 있다. 정직하고 근면한 노동으로 평화로운 삶을 엮어 가는 농민에게 눈길이 가는 것은 권모술수가 난무하는 관계(官界)와 달라서였을 것이다. 맘껏 날아오르고 내키는 대로 노래하는 새들이 유독 눈에 띄는 것은 제약 많은 삶을 사는 자신과 대조되었기 때문일 것이다. 그는 더 이상 어지럽고 답답한 속세의 때를 묻히고 싶지 않아 매일 수행을 한다. 아침저녁으로 피고 지는 무궁화를 보며 자연의 섭리를 깨닫기도 하고 아욱을 따서 정갈한 음식을 먹으며 정신과 육체를 부단히 단련한다. 자연스러움에 몸을 맡기고 고요를 익혀 자기 안의 들끓는 동요와 번민을 잠재우고자 한 것이다.

우리가 사는 이곳은 예나 지금이나 사람 수보다 적은 의자를 두고 그 자리를 다투는 의자놀이 같다. 시인은 스스로를 '시골 노인'이라 부르며 권세나 부귀를 다투고 싶지 않은 마음을 드러낸다. 그런데도 세상 사람들은 시인이 아직도 공명에 미련이 있다고 여겨 그를 믿지 않는다. 이에 대해 시인은 섭섭한 마음을 감추지 않는데, 아무리 항변을 해도 남들은 들으려고도 하지 않으니 억울하지만 내 마음을 잘 다스릴 수밖에 없다.

달리 생각해 보면 시인이 스스로에 대해 여전히 의심하는 마음이 없지 않다는 것을 고백한 것 아닐까. 세상과 분명히 선을 긋고자 하나 나약한 인간으로서 때때로 기심(機心)이 들어 기회가 되면 공명을 세우고자 하는 마음이 없지 않음을 자신에게 들켜버렸을 때의 당황스러움을 이런 식으로 표현했을 수도 있으리라. 자신의 마음을 몰라주는 사람에 대한 원망과 자신에 대한 불신과 불안을 안고 있는 왕유에게 나는 이런 시를 들려주고 싶다. "애야, 울지 마라 / 누구나 슬픈 시간이 있는 거란다 / 산다는 것은 / 장맛비를 견디며 무지개를 만드는 것이지."(김형태 〈장맛비〉 중) 왕유가 거친 세상에서 스스로를 잘 다독이며 자신만의 무지개를 만날 수 있기를 바란다. 그리고 보니 그는 잘 견뎌서 우리에게 무지개보다 더 아름다운 시를 남겨주었구나. 고마워요. 왕유 씨.

특별히
유난한 사랑

빗속에 큰딸아이 가는 걸 만류하며

김시보 金時保 (조선)

농가에 비가 내리지 않았다면

갈 사람을 오래 붙잡아 둘 수 있었겠는가.

자식을 만나서 기쁨에 취하여

아침나절이 지나도록 달게 잤더라.

냇물이 출렁대어 개구리밥이 보에까지 달라붙어 있고

바람이 거세 꽃잎이 주렴에 부딪히고 있네.

애야, 나의 시가 아직 완성되지 않았으니

자꾸만 타고 갈 말 챙기지 말렴.

雨中挽長女行　　우중만장녀행

不有田家雨,　　불유전가우

行人得久淹.　　행인득구엄

喜逢子孫醉,　　희봉자손취

睡過卯時甘.　　수과묘시감

川漾萍棲埭,　　천양평서태

風廻花撲簾.　　풍회화박렴

吾詩殊未就,　　오시수미취

莫謾整歸驂.　　막만정귀참

예전에 대학원 시 독회에서 당나라 시인 위응물(韋應物)의 〈양씨 집안에 딸을 시집보내며(送楊氏女)〉라는 시를 읽은 적이 있다. 시인이 큰딸을 출가시키며 쓴 것으로, 어미 없는 딸을 시집보내며 드는 근심과 당부, 풍족한 혼수를 해줄 수 없었던 가난한 아비로서의 안타까운 심정과 남겨진 막내딸에 대한 애잔함 등이 진솔하게 그려져 있다. 딸을 보내며 "한가로이 거할 때는 그럭저럭 지낼 수 있을 테지만 홀연 네 생각나면 거두기 어려울 것이다."라는 시인의 혼잣말은 결혼한 여자 동학들의 눈물샘을 자극했다. 다들 딸에 대한 아버지의 사랑은 특별하다고 입을 모으는데 나 역시 내가 받은 사랑이 떠올랐다.

아버지가 내 약혼식에서 조심스러운 태도로 하객들에게 나에 대해 말씀하신 적이 있다. "저희는 최선을 다해 열심히 키운다고 키웠습니다만 여러모로 부족한 점이 많을 것이니 좋게 잘 봐주시길 바랍니다. 결혼식까지 시간이 얼마 있으니 그동안 잘 가르쳐 보내겠습니다."라고 굽신대는 게 아닌가. 철딱서니 없고 세상 물정 모르는 나는 내가 뭐 그리 부족하며 또 부족한들 시댁 식구들이 봐주고 말고 할 게 뭐가 있냐며 낯선 시댁 식구들 앞에서 아버지가 몸을 낮추는 게 구시대적인 것 같아 못마땅했지만 내색하지는 않았다. 며칠 후 아버지는 당신 말에 책임을 지려는 듯 퇴근길에 책 한 질을 나에게 가져다주었으니 이름하여 '주부대백과사전'. 요리, 예절부터 살림에 관한 온갖 것이 망라된 책이었다. 나는 "아내 노릇 며느리 노릇을 책으로 배우라고? 어휴, 아빠! 이걸로 되겠어?"라며 읽지 않았다. 아버지의 행동이 엉뚱하면서도 우스웠지만 나름대로 나를 아끼고 염려해서 그러셨다는 것을 알았기 때문에 20년도 더 넘게 저 책을 가지고 있었다.

이 시에는 우리 아버지보다 더 딸 사랑 지극한 아버지가 등장한다. 시집간 시인의 큰딸이 친정을 찾았던 모양이다. 조선 시대 시집간 여성은 친정에 발걸음하기가 쉽지 않아 친정 부모의 생신이나 제사, 농번기가 끝난 추석에나 시부모께 말미를 얻어 친정을 찾을 수 있었다 한다. 손주 얘기가 없는 것으로 보아 시집간 지 그리 오래된 것 같지는 않다. 시집보내 놓고 얼마나 그립고 얼마나 궁금했을 것인가. 오랜만에 친정을 찾은 딸아이를 보는 아버지의 마음은 더없이 반갑다. 기쁜 마음에 취한 듯 들떴고 기분 좋게 단잠에 빠질 수 있었다. 이미 성장하여 일가를 이루었어도 자식들이 내 집에 와 있으면 문을 닫고 있어도, 걸어 다니는 소리만 내어도 충만함과 안도감이 느껴지지 않던가. 시인이 마음 편히 숙면하여 늦잠을 잔 것도 충분히 이해가 간다.

전날 내린 비가 아침까지 이어져 물이 불어 개구리밥이 보까지 달라붙어 있고, 바람 때문에 꽃잎이 주렴에 흩날린다. 딸아이는 날이 밝자 돌아가야겠다고 서둘렀나 보다. 친정 나들이는 하룻밤을 넘기지 않는 게 일반적인데 비 때문에 하루 자게 되었으니 마음이 조급했는지 아침부터 말을 점검하며 돌아갈 채비를 하고 있다. 그러나 아버지의 마음은 다르다. 내 딸이 자기 집이 이곳이 아니라며 떠나는 것이 아직 낯설고 서운하다. 그렇다고 가지 말라고 할 수는 없어서 핑계를 대며 딸아이를 붙잡는다. "너를 전송할 시를 짓고 있는데 아직 시가 완성되지 않았구나. 조금만 더 기다리거라."라고 말이다. 정말 시인은 시를 못 짓고 있었던 것일까, 아니면 부러 늦장을 부린 걸까.

작자인 김시보는 충청도 일대의 거부로 알려져 있다. 아버지가 부자이든 가난하든 권세가이든 아니든 딸을 조금 더 곁에 두고 싶은 마음은 한결같을 것이다. 그러나 어엿한 관리이니 시댁으로 돌아갈 딸을 붙잡는 것은 마땅한 행동이 아니다. 시인은 체면이나 법도보다는 감정에 솔직하기로 한다. 근엄하고 무뚝뚝한 아버지가 아니라 가족 간의 소소한 정을 나눌 줄 아는 아버지라 난 이 시가 더욱 마음에 든다.

이런 아버지의 마음은 왕가도 예외가 아니었다. 조선의 효종(孝宗)은 딸 숙명공주(淑明公主)가 남편 때문에 속 끓이고 있자 그것이 걱정되어 편지를 썼는데 아버지를 믿고 남편을 "들볶고 싸우라"는 대목이 있다. 딸 속상한 것에 비하면 왕의 체통 같은 것은 별것 아니니 아버지를 배경 삼아 성질을 부려도 된다는 말이 왕의 입에서 나올 줄 상상하지 못했다. 그가 얼마나 딸을 아꼈는지 알려주는 장면이다.

나는 딸이 없어서 남편이 딸에게 어떻게 대하는지 보지 못해 아쉽다. 아마 딸 사랑만큼은 김시보보다 더하면 더했지 못하지는 않았을 것이다. 대신 나는 아버지의 사랑을 듬뿍 받은 큰딸이라 시인의 이런 마음을 조금은 짐작할 수 있다. 아버지는 언제나 내 편이었고 뭐든지 잘한다고 칭찬했으며 먹고 싶은 것은 다 사 주었다. 내가 무엇을 하든지 믿어 주었고 조금이라도 잘한 것이 있으면 과장해서 동네방네 자랑하고 다녔다. 그런 사랑을 받았기 때문에 난 별것도 없는 주제에 배짱 두둑했고 당당했나 보다. 위응물의 딸이 엄마 없이 자랐어도 바르게 잘 컸고 김시보의 딸이 시집살이를 잘할 수 있었던 것은 역시 저런 아버지의 사랑을 듬뿍 받아서였을 것이다. 대체로 아버지들의 딸에 대한 사랑은 맹목적이어서 우스워 보일 때도 있지만, 그들의 진정이 딸에게 나 독자에게나 충분히 전달되기 때문에 오랜 세월이 흘러도 이런 작품들이 계속 사랑받는 것이리라.

참된 사치

관사의 작은 정자에서 한가로이 바라보며

백거이 白居易 (당)

대나무에 바람이 불어 맑은 소리 흩어지고

회화나무에 안개 서려 푸른 자태가 엉겨 보이네.

해가 높이 떠 아전이 나가자

누추한 관사에 한가로이 앉아 있네.

칡베옷으로 여름 더위 이겨내고

푸성귀뿐인 밥상으로 아침 허기 달래지만

이렇게 살면서도 그런대로 자족하며

마음과 몸 수고롭게 하지 않네.

정자에 홀로 앉아 시를 몇 수 읊고 나면

그 뒤로는 아무것도 해야 할 일 없어서

태백산의 눈 쌓인 봉우리를 세어보기도 하고

도연명의 시집을 읽기도 하네.

사람들은 맘속으로 각자 옳다고 생각하는 것이 있지만

내가 옳다고 여기는 것은 정녕 이런 생활 속에 있네.

명성을 다투는 이에게 내 거듭 일러두노니

그대가 비웃는 것을 난 기꺼이 따를 것이네.

官舍小亭閑望	관사소정한망
風竹散淸韻,	풍죽산청운
烟槐凝綠姿.	연괴응록자
日高人吏去,	일고인리거
閑坐在茅茨.	한좌재모자
葛衣禦時暑,	갈의어시서
蔬飯療朝飢.	소반료조기
持此聊自足,	지차료자족
心力少營爲.	심력소영위
亭上獨吟罷,	정상독음파
眼前無事時.	안전무사시

數峰太白雪,	수봉태백설
一卷陶潛詩.	일권도잠시
人心各自是,	인심각자시
我是良在玆.	아시량재자
回謝爭名客,	회사쟁명객
甘從君所嗤.	감종군소치

프랑스의 소설가 아니 에르노는 어려서는 모피 코트나 긴 드
레스, 바닷가 저택, 지성적인 삶이 사치라 생각했지만 진정한 사
치란 "사랑의 열정을 느끼며 사는 것"이라 하였다. 나는 한시를
오래 읽으며 옛 시인들이 생각했던 사치란 자유로움에서 오는
평안함을 누리는 것이 아닐까 생각했다. 아무리 많은 돈을 써도
좀처럼 얻기 어려운 것이지만 마음먹기에 따라 의외로 쉽게 얻
어지기도 하는 것 말이다.

나는 이것을 오랜 세월이 걸려서야 겨우 터득하였지만 백거이
는 젊어서 깨달은 것 같다. 이 시를 쓸 때 시인은 서른여섯 살이
었다. 제과(制科)에 2등으로 합격한 뒤 처음으로 받은 벼슬인 주
질현위(盩厔縣尉)를 지내고 있었다. 첫 직장이니 얼마나 설레었
을까. 나는 아들들이 직장에 처음 출근할 때 지었던 표정을 기억
한다. 긴장과 설렘이 역력한데 그걸 드러내지 않으려고 애쓰던
사회 초년생의 모습이었다. 시인 역시 주위의 관심과 본인의 기

대, 약간의 들뜸을 지닌 채 임지로 갔을 것이다.

관사는 누추하지만 주변은 고요하고 나름대로 운치가 있다. 대나무에 바람이 불어 맑은 소리를 내고 아침 안개에 푸른 회화나무가 아련하게 보인다. 해가 중천에 이르면 오전 일이 마무리되어 아전도 자리를 비우고 관청은 한가로워진다. 주질현은 수도 장안에서 가까웠지만 마을이 작아 특별히 일이 많지 않았을 것이다. 칡베옷과 푸성귀뿐인 밥상은 누추한 관사와도 이어지는 소박한 생활이다.

누가 봐도 부러워할 화려하고 폼 나는 자리로 가지 겨우 그거 누리려고 과거 공부 했냐고 물을 사람이 분명 있을 것이다. 그러나 시인은 이런 생활에 대해 꽤 만족하고 있다. 왜냐하면 무리한 일을 하거나 하고 싶지 않은 일을 해서 몸과 마음을 상하는 일이 없어서이다. 한마디로 스트레스가 없는 삶이라는 것이다. 한가로우니 정자에 오를 여유가 있다. 눈앞의 풍경을 보며 시를 몇 수 읊조려 보기도 하고 딱히 할 일이 없어 산봉우리를 세어 보기도 하다 곁에 두었던 시집을 뒤적인다. 하필 도연명의 시집이다. 도연명이 누구던가. 마음에 없는 아첨을 하거나 비굴하게 굽신대는 것을 참지 못하여 출세를 포기하고 낙향한 사람이다. 고향으로 돌아간 후 그는 진술하고 소박한 시를 쓰며 고요한 삶을 살았다. 이제 막 벼슬을 시작한 시인인데 설마 도연명처럼 벼슬을 그만둘 생각부터 한 것은 아닐 것이다. 그가 도연명을 택한 이유는 마지막 네 구에 드러난다.

그는 세속의 사람들이 가치를 두는 것과는 다른 길을 가겠다고 단호하게 말한다. 부귀와 명성을 다투고 화려한 삶을 사는 출세의 길이 아니라, 자신이 옳다고 여기는 것을 실천하는 삶을 살고자 한다. 물론 세상은 그렇게 간단하거나 녹록하지 않다. 젊은이가 벌써부터 패기가 없어 되겠냐고, 그래서는 안 된다며 주변에서 가만히 두지 않을 것이다. 이럴 땐 미국 시인 메리 올리버의 시구를 떠올리는 게 도움이 된다. "우리 잘 익은 멜론을 자를 때, 멜론에게 감사해야 하지 않을까? / 칼에게도 감사해야 하지 않을까? / 우리가 사는 세계는 단순하지 않아." 이 구절은 일상의 사소한 것에서 느끼는 감사가 이 복잡한 세상을 살아가는 데에 힘이 된다는 것으로 읽힌다. 우리도 알다시피 감사와 만족은 한 묶음이 아니던가. 소소한 것부터 감사하고 스스로에게 만족한다면 남의 평가에 그다지 흔들리지 않고 나답게 살 수 있다.

시인은 도연명처럼 시선을 자신 내부로 향할 줄 알았고 세상이 추구하는 것과 구별되는 자신만의 가치를 가질 수 있었다. 자연스럽고 무리하지 않는 것과 일상에 만족하는 것이 귀중하다는 것을 알았다. 속인들이 자신을 비웃든 말든 상관하지 않고 내 길을 가겠다며 다짐하며 맺었는데, 나는 이런 태도가 진정한 사치가 아닐까 생각한다.

내가 '이도 선생'이라고 호를 붙여준 친구가 있다. 그 친구는

"이도 어딘가"란 말을 달고 산다. 불평할 만한 상황에서도 "그래도 이게 어디야"라고 정리해 버리니 부정적인 감정이 자라날 틈이 없다. 세상 살면서 이만큼 지혜로운 말도 없겠다 싶어 호로 지어 주었다. '이만하니 다행이다'라는 말은 그 바탕에 겸손, 감사, 만족이 깔려 있어 메리 올리버나 백거이의 인생관과도 통하는 점이 있다. 만약 백거이가 내가 시험 등수가 얼마나 높은데 이런 데서 세월을 축내고 있어야 하나, 내가 왜 이런 후진 옷과 시시한 밥을 먹으며 하릴없이 지내야 하나라고 생각했다면 결코 이런 시를 쓸 수 없었을 것이다. 그는 내가 가진 능력대로 생긴 대로 사는 것, 남이 비웃든 말든 뭐라 하든 말든 개의치 않고 세상에 휘둘리지 않으며 만족하며 사는 것이 얼마나 중요한지를 일찌감치 깨달은 사람이었다. 그도 '이도 어딘가' 정신의 소유자였던 것이다.

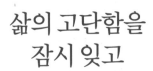

삶의 고단함을
잠시 잊고

취했다 깨어

황경인 黃景仁 (청)

꿈속에 치자꽃 향기 은은하게 코끝을 스쳤는데

눈을 뜨니 베갯머리 머리칼에 서늘함이 느껴지네.

밤새 문을 닫아거는 것도 잊고 잠들었는데

두 봉우리 사이로 지는 달빛이 슬며시 침상 위로 올라온 것이었네.

醉醒　　　　　　취성

夢裏微聞薔薇香,　　몽리미문담복향

覺時一枕綠雲凉.　　각시일침록운량

夜來忘却掩扉臥,　　야래망각엄비와

落月二峰陰上床.　　낙월이봉음상상

꽃의 계절은 봄을 꼽지만 여름에도 많은 꽃이 핀다. 계절학기 수업을 마치고 나오면 따가운 태양 아래 흔들거리며 서 있던 키 큰 나리꽃, 공부방이나 사랑채 앞에 심어 공부를 독려했던 목백일홍, 공원묘지에 아빠를 묻고 돌아오는 길에 보았던 능소화, 어릴 적 살던 집 작은 화단에 꽃이 무거워 축 늘어져 있던 해바라기, 우리 아파트 화단에 탐스럽고 당당하게 핀 무궁화, 한강 공원에 꿈결처럼 핀 양귀비꽃과 수레국화… 얼른 떠오르는 것만 해도 이 정도로 다양하다. 핸드폰 사진첩의 대부분이 꽃 사진이라는 대한민국 중년 아주머니답게 나도 꽃을 좋아한다. 물론 꽃이 이쁘고 사랑스럽지만 세월 따라 꽃과 관련한 이야기가 쌓여 가니 하나하나가 더 소중하게 다가온다.

사실 여름 꽃 중 내가 가장 좋아하는 것은 치자꽃이다. 치자꽃이 등장하는 이 시는 짧지만 매우 감각적이라 내가 아낀다. '푸른 구름 같은 머리(綠雲)'라는 단어로 보건대 이 시의 화자는 여성으로 보이지만 아무래도 상관없다. 화자는 꿈결에서인가 코끝을 스치는 치자꽃 향을 맡고는 잠에서 깬다. 역시 치자꽃은 향기로 기억된다. 짙고 달콤한 향기에 새벽 공기 냄새를 연상시키는 촉촉함이 섞여 있다고 하여 향수의 원료로도 많이 사용된다는 유명한 향이다. 송나라 시인 양만리(楊萬里)도 "치자꽃을 꽃병에 꽂아두었더니 바람도 안 불었는데 문득 향기가 코끝에 스친다." 라고 읊을 정도로 강한 향이 특색이다. 화자가 일어나 보니 베갯머리에 한기가 느껴진다. 여름인데 갑자기 한기라니 의아하게 여긴 화자가 발견한 것은 열린 문이다.

그는 밤새 문을 닫지 않고 잠이 들었는데, 달이 살그머니 들어와 침상을 비치고 있다. 몰래 들어온 달의 서늘한 빛 때문에 한기가 든다고 느낀 것이다. 문 잠그는 것을 잊은 것은 그가 지난밤에 취했기 때문이다. 취해 잠이 들었지만 매력적인 치자꽃 향기에 깨어 맑은 달빛이 만들어 내는 서늘함을 느끼는 것을 쓴 섬세하고 감각적인 시다.

여름밤을 산뜻하고 향기롭게 읊어 난 여름마다 이 시를 즐겨 읽었는데, 얼마 전에 시인의 생애를 알고 나자 시가 달리 보였다. 황경인에게는 평생 죽음과 곤궁의 그림자가 드리워져 있었다. 겨우 네 살에 아버지가 죽고 조부모의 손에 자라다 할아버지와 할머니를 차례로 잃었으니 그때가 여덟 살이었다. 열다섯 살에는 형도 죽는다. 어려서부터 재능이 많았으나 지지해 줄 가족이나 친척이 없었고 집안도 무척 빈궁하여 열일곱 살부터는 생계를 꾸리느라 사방을 돌아다녔다. 스물세 살에야 막부 빈객으로 들어가면서 재능이 알려지기 시작하고 서른세 살에 주변의 도움으로 현승(縣丞) 자리를 얻었지만 임명을 기다리다 병으로 사망하였다.

짧고도 허망한 인생이다. 빚쟁이에 시달리고 생계를 근심하며 말년에는 병마와 싸우면서 고단한 삶을 이어 갔던 시인이지만 이 시에는 그런 흔적이 남아 있지 않다. 그런 그림자를 드리운 채 어떻게 이렇게 맑고 아름다운 시를 쓸 수 있는지 나는 잘 모르겠다. 다만 어느 여름밤을 특별한 순간으로 만들었던 치자꽃 향기와 서늘한 달빛을 영원히 기억하고 싶어 시를 썼던 시인의 마음만큼은 이해할 수 있다.

나에게도 잊히지 않는 치자꽃과 관련된 장면이 하나 있다. 우연히 친정 부모님과 꽃집에 들렀다 치자꽃 화분이 있기에 살까 말까 망설이고 있었다. 아버지가 "골라 봐, 아빠가 사줄게"라며 화분 두 개를 사 주셨다. 그러면서 예전에 할아버지 댁에 치자나무가 두 그루 있었고 꽃향기가 참 좋았단 이야기를 해 주셨다. 아버지는 평소에 꽃을 사 주는 그런 낭만적인 분이 아닌데 그날은 무슨 생각으로 사 주셨던 걸까. 아마 아버지의 부모님과 고향 집이 생각나서일 것이다. 나는 냉큼 받아 침대 머리맡에 놓아두었는데 꽃향기가 아주 향기로워 거실과 다른 방까지 전해졌다. 아버지가 꽃을 보며 부모님을 생각했듯 나도 치자꽃을 볼 때마다 아버지 생각이 난다. 치자꽃 향기가 대를 이어 전해지며 이야기가 두터워지고 있다.

시를 같이 읽었던 한 분이 어머니가 바삐 출근하는 자신의 옷 주머니에 치자꽃을 몇 송이 넣어 주었던 이야기를 들려주었다. 뭔지도 모른 채 출근했다 나중에 주머니에서 꽃 부스러기가 나와 의아했다고 했다. 나는 꽃을 넣어주는 마음을 알 것 같았다. 모든 사람들이 꽃을 대하듯 내 딸을 대해 주길, 꽃향기를 맡으며 딸을 그윽한 향이 나는 여성으로 기억해 주기를 바라셨던 것 같다. 내 이야기를 듣더니 그분은 이제야 어머니 마음을 이해했노라며 어머니가 이미 돌아가셨으니 감사를 전할 수가 없다며 아쉬워하였다. 치자꽃에 얽힌 장면을 떠올리다 보니 어쩐지 주변이 향기로워지는 것 같고 나도 어느새 무더위를 의식하지 않게 된다. 아마 황경인도 이 시를 쓰며 삶의 고단함을 잠시라도 잊지 않았을까.

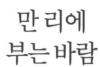

만 리에
부는바람

괴로운 더위

왕유 王維 (당)

붉은 해가 온 천지에 가득하고

뜨거운 구름이 산을 이루니

초목은 남김없이 시들었고

산천은 모두 말라버렸네.

가벼운 비단옷도 무겁게 느껴지고

빽빽한 숲도 그늘이 엷어 괴롭기만 한데

돗자리도 더워 가까이하기 어렵고

갈포 옷도 하루 두세 번 빨아서 입네.

생각을 우주 바깥으로 내보내고 나면

광활한 곳에서 마음이 탁 트이고

만 리 밖에서 거센 바람 불어와

강과 바다의 무더위를 씻어 버리겠지.

돌아보면 내 몸이 바로 근심덩어리라

마음에 여전히 깨닫지 못한 것이 있음을 이제야 알겠네.

문득 부처님 가르침에 들어와 보니

분명히 맑고 시원한 즐거움이 있구나.

苦熱	고열
赤日滿天地,	적일만천지
火雲成山嶽.	화운성산악
草木盡焦卷,	초목진초권
山澤皆竭涸.	산택개갈학
輕紈覺衣重,	경환각의중
密樹苦陰薄.	밀수고음박
莞簟不可近,	완점불가근
絺綌再三濯.	치격재삼탁
思出宇宙外,	사출우주외
曠然在寥廓.	광연재요확

長風萬里來,	장풍만리래
江海蕩煩濁.	강해탕번탁
却顧身爲患,	각고신위환
始知心未覺.	시지심미각
忽入甘露門,	홀입감로문
宛然淸凉樂.	완연창량락

더위가 맹위를 떨칠 때는 '유금삭석(流金鑠石)' 즉 쇠와 돌을 녹인다는 게 정말 실감이 난다. 더위에 지쳐 밥맛도 없고 눈꺼풀조차도 무겁게 느껴진다. 에어컨은커녕 선풍기 하나 없는 교실에서도 멀쩡히 공부했고 아이들 어려서는 선풍기 하나로 끄떡없이 잘 지냈는데 요즘은 왜 이리 절절매는지 모르겠다. 사실 정말 견디기 어려운 더위는 한 달도 안 되는데도 이것을 못 참고 짜증을 내며 주변을 들볶고 있는 나를 보고는 남편이 "선비답지 못하다"고 나무라는데 그 말을 들으면 더 열이 난다.

시인 왕유가 그린 여름은 아주 실감 난다. 해가 이글이글 타오르고 구름도 뜨거우며 산천도 바짝바짝 마르고 초목도 사람도 시들시들하다. 옷은 걸리적거리고 그늘도 시원하지 않으며 돗자리도 무겁게 느껴지고 하루에도 몇 번씩 땀에 젖은 옷을 갈아입어야 하는 그런 여름이다. 그땐 선풍기도 없었을 때니 무더위를 어떻게 견뎠을지 상상이 되지 않는다. 다만 나와 달리 고상하고 점잖은 왕유는 뭔가 우아한 피서법이 있지 않을까.

시인은 현재 느끼는 더위와 불쾌함이라는 감각에서 벗어나 자기를 저 피안의 세계로 보내자고 한다. 세상 너머 우주 바깥으로 나의 심신을 날려 보내는 것이라니! 옳거니, 이것은 명상이 아닌가. 나도 눈을 감고 앞뒤로 꽉 막힌 아파트를 떠나 무엇 하나 걸리는 것 없이 마음이 탁 트이는 곳을 신나게 유영하는 모습을 상상해 본다. 높은 곳에서 바라보면 사람이나 집이 고물고물 얼마나 작고 우습게 보일 것인가. 공자(孔子)가 태산(泰山)에 오르니 천하가 작다는 것을 알게 되었다 했었다. 산에만 올라가도 시각이 달라지고 생각의 범위가 바뀌는데 우주 바깥을 나가게 되면 어떠할까.

차원이 다르다는 것은 이런 것이리라. 시인은 이렇게만 해도 저 멀리 어디선가 시원한 바람이 불어와 마음을 한결 가볍게 하는 것 같다고 했다. 이 바람은 혼탁한 강과 바다를 씻어줄 뿐 아니라 어느새 더위의 괴로움쯤은 아무것도 아닌 듯 느껴지게 한다. 당나라 시인 두보(杜甫)가 찌는 듯한 더위가 "내 창자까지 괴롭힌다"고 투덜대면서 "내 옷을 시원하게 펄럭이게 할" 만 리에 부는 바람을 간절히 바랐는데, 바로 이것이 그런 바람이리라. 시인은 찜통더위의 괴로움은 결국 세속에 사는 우리가 짊어질 수밖에 없는 무게와 답답함의 다른 이름이라고 보았다. 늘 수행하며 마음을 고요하게 유지했지만 여전히 현실에 억눌려 있는 자신을 발견하고는 아직 공부가 부족하다는 것을 자각한다. 그를 미망으로부터 빠져나오게 하는 것은 역시 시원한 감로수 같은 부처님의 가르침이다. 결국 집착을 버리고 자기를 내려놓아 마음속의 부처를 만나자는 얘기 아닐까.

나같이 현실적인 사람에게 왕유의 경지는 감히 닿지 못할 정도로 고매하게 느껴진다. 더워서 명상은커녕 정신줄 놓지 않는 게 다행인 신세라 차라리 정약용의 피서법이 나에게 더 실현 가능한 것 같다. 정약용은 "더운 날에 졸음이 와서 책 보기 싫다"고도 하고 "장마와 염천 보내며 시 짓던 일도 그만두었다"고 하며 더위에 머리 쓰는 것은 고역이라 하였다. 정약용 같은 대학자 대선비도 그러하거늘 나라고 별 수 있겠는가. 그는 〈더위를 식히는 여덟 가지 방법(消暑八事)〉이라는 연작시를 지어 시정 넘치는 피서법을 제시하였다. 소제목은 다음과 같다. '소나무 단에서 활 쏘기', '홰나무 그늘에서 그네 타기', '빈 누각에서 투호 놀기', '시원한 대자리에서 바둑 두기', '서쪽 못에서 연꽃 감상하기', '동쪽 숲에서 매미 우는 소리 듣기', '비 오는 날 운자 뽑아 시 짓기', '달밤에 탁족하기'. 제목만 보아도 정약용은 왕유와는 달리 여름에 할 수 있는 것을 적극적으로 찾으며 더위를 잊고 있음을 알 수 있다.

나는 이 중에 달밤에 하는 탁족에 마음이 간다. 친구들과 함께 강가에서 오리를 흉내 내며 물결을 타겠다고 하고 물에 젖는 것은 싫어 얼른 물을 닦는 모습, 물놀이 후 서로 손을 잡고 곤하게 곯아떨어진 장면은 한여름 밤에 볼 수 있는 천진한 정경이다. 여학교 때 선풍기 하나 없는 교실이 너무 더워 양동이에 물을 받아 발을 담그고 공부했던 기억이 난다. 종이배도 조그맣게 접어 띄웠었다. 얼마나 시원했었는지는 잘 모르겠고 엄격한 규율과 입시의 압박에서 잠시 해방된 느낌에 신났던 것 같다. 정약용도 일상의 무게를 잠시 덜어놓고 한가롭게 친구들과 보내는 시간이 해방감을 느끼게 했고 더위를 잊게 했을 것이다.

왕유의 명상에 가까운 피서법도 좋고 정약용의 활달한 피서법도 좋다. 이들 시를 보면서 나도 나만의 여름나기 목록을 만들어 보는 것도 괜찮겠다 싶었다. 냉침한 차에 얼음 넣어 마시기, 해질 무렵 한강 산책하기, 화단에 핀 무궁화 감상하기, 소파에 누워 추리소설 읽기, 물 쫙쫙 끼얹으며 청소하기. 이번 여름에 했던 나의 피서법이었다. 앞으로 여기에 몇 가지를 추가하여 작은 여름용 그림책을 만들어 보는 것은 어떨까 하는 생각을 해본다. 그러고 보니 '그림책 만들기'도 더위 누그러뜨리기 목록에 추가될 것 같다.

비움에서 오는
서늘함

복날

유극장 劉克莊 (송)

지붕 위 대나무에서 매미가 드문드문 우는데
작은 방 깨끗하게 치운 뒤 머리 풀고 잠을 청하네.
늙은 나는 평생에 거추장스러운 물건 가진 적 없고
그저 도연명 시 한 권 머리맡에 두었네.

伏日   복일
屋山竹樹帶疏蟬,   옥산죽수대소선

淨掃風軒散髮眠.　정소풍헌산발면

老子平生無長物,　노자평생무장물

陶詩一卷枕屛邊.　도시일권침병변

우리 속담에 '삼복지간엔 입술에 붙은 밥알도 무겁다'란 말이 있듯이 복날 무렵인 요즘은 아침에 눈뜰 때부터 오늘은 어떻게 보내야 할지 걱정부터 된다. 나는 근래에 더위에 더 취약해져 조금만 오래 책을 보거나 잠시 외출만 해도 기력이 달려 몸을 뉘어야 한다. 이래서 뭘 할 수 있겠나 하는 근심까지 더해지니 더위를 물리칠 묘수가 있나 자연스레 찾게 된다. 뭘 먹고 뭘 사고 어딜 가면 시원해진다! 같은 광고가 쏟아지지만 나는 옛사람과 코드가 맞는 편이니 유극장의 이야기에 귀를 기울여 본다.

매미가 울고 집 주위의 대나무가 쭉쭉 자라는 한여름이다. 더위가 기승을 부렸던 복날 시인은 일찌감치 휴식하기로 한다. 우선 주변을 깨끗하게 정리한다. 작은 방이라 치울 것이 많지는 않았겠지만 정리정돈하고 빗자루로 청소도 한다. 그러고는 머리를 풀고 자리에 눕는다. 관모를 벗고 머리를 푼다는 것은 더 이상 구애받지 않고 자유로워진다는 의미다. 당나라 시인 맹호연(孟浩然)도 "머리 풀어 헤치고 시원한 저녁 바람 맞으며 창문 열어젖히고 넓은 마루에 누웠네."라 하며 해방감을 느꼈듯 말이다. 나도 외출하고 들어와 씻고 편한 옷을 갈아입는 것만으로도 하루 피로가 반은 가시는 것 같다. "자, 이제 맘껏 쉬어도 돼"라는 안도감이 온몸에 퍼진다.

시인의 방이 깔끔한 것은 방금 청소를 마친 이유도 있지만 본래 거추장스러운 물건을 탐하지 않았기 때문이다. 노인들 집에 가면 묵은 살림이 얼마나 많은가. 죽을 때까지 다시는 찾지 않을 세월의 더께가 덕지덕지한 물건들이 집 안 곳곳을 차지하고 있다. 삶의 군더더기를 끌어안고 있는 것 같아 답답하다. 어디 노인뿐이랴. 난 얼마 전 이사 갈 집을 알아보러 다니면서 다들 짐에 치여 살고 있는 것에 충격을 받았다. 물건 사느라 고생, 쟁여 놓고 좁은 데서 지내느라 고생, 다시 집 늘리느라 고생, 그 집 채워 넣느라 고생… 정말 인생은 이해 못 할 것의 연속이다.

시인이 물건에 욕심을 내지 않은 것은 탐욕을 부리지 않는다는 것을 의미한다. 일본의 작가 오후미가 쓴《버리니 참 좋다》는 살림의 규모를 줄이는 과정을 쓴 책인데, 물건이 빠져나간 빈 공간이 사람을 얼마나 편안하게 하고 홀가분하게 하는가를 알려주고 있다. 비움의 철학은 이미 옛 성현들도 잘 알고 있는 것이었다. 당나라 시인 백거이(白居易)도 "더위가 사라지는 것은 마음이 고요해서이고 서늘함이 생기는 것은 방 안을 비웠기 때문이네."라 읊지 않았던가. 유극장도 마찬가지여서 평생에 걸쳐 쓸데없는 것을 소유하지 않았고 대신 중요하다고 여기는 것에 더욱 집중하였다.

그렇다면 그가 중요하다고 생각한 것은 무엇인가? 그저 도연명의 시집 한 권뿐이다. 그의 시집을 가까이에 두고 자주 읽는 것은 삶의 태도를 동경하여 닮고자 하는 마음과 다르지 않다. 도연명은 "내 쌀 다섯 말 녹봉 때문에 허리를 굽히고 향리의 소인에게 절을 해야 하느냐"라 일갈한 후 현령을 그만두고 전원으로 들어갔던 시인이다. 그곳에서 논밭을 갈고 자연의 아름다움을 즐기면서 맑고 소박한 시를 썼다. 그의 글을 읽어 보면 그는 진정 덜어냄의 고수였음을 알 수 있다. 말도 줄이고 손님도 줄이고 명예나 실리는 애초에 탐한 적도 없었다. 좁은 방은 물건이 없어 쓸쓸할 정도이고 옷도 밥도 부족한 사람이었지만 이에 "급급하지 않았"기 때문에 "마음이 편안"하다고 하였다. 또한 늘 문장 짓는 것을 좋아하고 무엇이 나에게 이득이고 불리한지 따지지 않은 채 홀로 즐겼기 때문에 삶이 고상할 수 있었다. 유극장은 도연명의 자유로움과 품위를 배우고 싶었던 것 같다.

사실 유극장은 도연명과 처지가 달랐다. 도연명은 몰락한 관료 집안 출신으로 평생 곤궁하게 살았고 유극장은 세도 있는 가문 출신으로 벼슬도 음보(蔭補)로 시작하여 비서소감 겸 중서사인, 병부상서 등 높은 지위까지 올랐다. 그런데도 도연명을 동경한 것은 결국 부유하든 가난하든 지위가 높든 낮든 평소에 우리가 겪는 괴로움은 대개가 뜨거운 경쟁, 무거운 책임, 불타는 야망, 주체하지 못하는 욕심에서 기인한 것이며 이것은 마치 무더위와 같이 우리 숨을 턱턱 막히게 하고 맥 빠지게 한다고 본 것이다. 대신 자유로움과 간소함, 고상함을 추구하면 어떻겠냐고 우리에게 살며시 펼쳐놓는다. 덮어놓고 채우고 쌓을 줄 밖에 모르는 나, 더우면 신제품 냉방기를 사고 비싼 보양식을 목구멍으로 밀어 넣어야 잘한다고 생각하는 어리석은 나에게 유극장은 빼고 덜어내는 것이야말로 지글지글한 탐욕의 고통에서 벗어나는 법이라는 것을 가르쳐 준다.

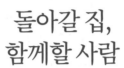

돌아갈 집,
함께할 사람

밤에 배를 타고 아내와 술을 마시며

매요신 梅堯臣 (송)

달이 강가 언덕에서 솟아

떠나가는 배의 뒷모습을 비추는데

홀로 아내와 술을 마시니

속세의 손 대하는 것보다 훨씬 좋네.

달이 차츰 내 자리에까지 올라오면서

저녁 햇빛도 점차 물러가네.

어찌 꼭 촛불을 밝혀야 하는가

이 경치만 해도 이미 사랑스러운데.

舟中夜與家人飮	주중야여가인음
月出斷岸口,	월출단안구
影照別舸背.	영조별가배
且獨與婦飮,	차독여부음
頗勝俗客對.	파승속객대
月漸上我席,	월점상아석
冥色亦稍退.	명색역초퇴
豈必在秉燭,	기필재병촉
此景已可愛.	차경이가애

한시도 인류의 보편적인 감정인 사랑을 제재로 한 작품은 많
다. 그러나 대개는 남녀 간의 애정을 묘사하는 척하면서 군신이
나 친구 사이의 진실하고 충성스러운 감정을 빗대는 경우가 다
반사다. 그들에게 사생활이 없었던 것도 아닌데 이럴 수밖에 없
었던 것은 당시 전통적 혼인제도와 문인으로서 가져야 하는 사
회적 책임감이 그들을 강하게 압박해서다. 혼인 상대를 스스로
고를 자유가 없었고 시는 개인적 감정을 드러내기 위해서라기보
다 사회적 효용이 우선이라는 생각 때문에 시에 내밀한 사랑의
감정을 담는 것을 꺼렸다. 고작해야 술자리에서 기생에게 은근

한 정을 전한다든가, 연애 상대를 모호하게 한 후 내심을 조심스레 표현하는 정도다.

부부간의 감정을 다룬 경우는 어려운 상황에서 아내(와 자식들)를 근심하거나, 아내가 죽은 후 그의 부재를 아쉬워하는 내용이 대부분이다. 그것도 아내가 없어서 초라한 자신에게 집중하는 경우가 많아 나는 그런 작품을 읽을 때마다 옛날 남자들은 어쩔 수 없이 이기적이고 유아적이라는 의심쩍은 눈길을 보내곤 했다. 부부간의 진지한 감정이나 함께 있어 즐거운 순간, 돈독한 사랑을 나누는 장면을 담은 시를 쓴 문인은 거의 없다. 건강한 부부상을 고전에서 찾고 싶었던 나는 늘 이것이 아쉬웠다.

중국 고전 시기 작가 가운데 가장 이상적인 부부를 꼽으라면 나는 언제나 송나라 여성 작가 이청조(李淸照)와 조명성(趙明誠) 부부를 든다. 이청조가 중국을 대표하는 최고의 여성 작가가 될 수 있었던 것, 조명성이 금석학자로 훌륭한 성취를 거둘 수 있었던 것은 두 사람의 '케미'가 잘 맞아서였다. 조명성은 아내가 시문을 잘 짓는 것을 자랑스럽게 생각했고 이청조는 남편과 금석문과 골동품을 공부하며 수집하였으며 훗날 함께 《금석록(金石錄)》을 완성하기도 하였다. 그녀는 스스로 "(그와 함께 금석문을 보며 나누었던) 즐거움은 어떤 사치스러운 향락보다도 컸다"고 회고하였는데, 나는 이 두 사람이 서로를 존중하고 위하며 충만하고 즐거운 시절을 보냈던 것을 작품으로 남겨놓지 않아 늘 아쉬웠다. 알콩달콩 오순도순 사는 모습을 담은 시를 썼다면, 시를 보며 좋았던 시절을 추억할 수 있어 남편이 죽은 후 늘 그렇게 비통에 잠기지 않을 수 있었을 텐데. 물론 우리에게 봉건 시대 부부도 이렇게 '티키타카'가 좋고 서로를 성장시킬 수 있다는 좋은 예를 남길 수 있었음은 말할 필요도 없다.

나는 얼마 전에 중국의 소설가이자 비평가인 첸중수(錢鍾書)와 번역가이자 작가인 양장(楊絳) 부부 이야기를 읽었다. 두 사람은 지식인으로서 문화대혁명을 거치느라 많은 고초를 겪었지만 사랑이 있었기에 함께 헤쳐 나갔던 그 시절이 "달콤했다"고 회상하고 있다. 특히 양장이 묘사한 소소한 즐거움, 이를테면 아침잠이 많은 아내를 위해 늘 아침을 차려주었던 남편, 솜씨 없는 아내가 애써서 식사를 만들면 남편이 먹물로 스마일 표정을 그려줬던 것 같은 대목에서는 이런 둘만의 사랑스러운 추억이 부부를 더욱 단단하게 해 주었다는 것을 알 수 있었다.

매요신은 중국에서는 찾아보기 힘들 정도의 애처가이다. 아내에게 지어준 시들이 상당히 많은데 그중 특히 유명한 것은 죽은 아내를 추모하는 시다. 하지만 나는 아내가 죽고 나서 그리워하는 것이 무슨 소용이냐, 살아 있을 때 다정한 말 한마디가 더 중요하다고 생각하는 쪽이라 일부러 그런 시를 찾아 읽지는 않는다. 그러나 역시 애처가답게 아내와 소소한 즐거움을 나눌 줄 아는 사람이었고 다행히 그걸 담은 시가 있었다.

이 시는 시인이 쉰한 살에 모친상을 당해 고향으로 돌아왔을 때 지은 것으로 아내와 함께 배를 타고 술잔을 기울였던 때를 읊고 있다. 언덕 위로 달이 봉긋 솟아올라 시인이 탄 배의 뒤꽁무니를 비추고 있다. 시인은 배 안에서 술잔을 기울이고 있는데 풍류남아들과 시를 읊고 술잔이 도는 떠들썩한 술자리가 아니라 아내와 단둘이 함께하는 조촐한 자리다. 아내랑 무슨 재미로 술을 마시냐는 사람도 있지만 시인은 풍류도 모르는 "속세의 손"을 대하는 것보다 훨씬 낫다고 한다. 의미 없는 농담을 하거나 자리에 없는 이 뒷담화를 하거나 돈 자랑 지위 자랑, 쓸데없는 소리를 지껄이는 것은 예나 지금이나 공허한 짓이다. 그것보다는 한 가정을 이루는 단짝과 이런저런 얘기 주고받으며 일상생활에서 나누지 못했던 것을 나누는 것이 훨씬 즐겁다고 하니, 매요신이 뭘 좀 아는 것 같다. 나이가 쉰을 넘었으니 인생의 쓴맛 단맛을 보았을 것이고 이 아내는 첫 번째 아내를 잃은 후에 얻은 사람이라 더욱 가정과 아내가 얼마나 소중한지 잘 알았을 것이다.

모처럼 고향에 와서 배를 띄우고 술잔을 기울이면서 달빛 아래 아내와 도란도란 이야기 나누는 장면이 눈에 선하다. 옛말에 낮에 놀던 흥이 남아 있으면 그 흥을 깨뜨리지 말고 촛불을 켜고 놀아야 한다고 하였는데, 매요신은 달빛 아래 경치만 보아도 좋다고 한다. 아내와 함께라 그 경치가 더욱 사랑스럽게 느껴진 것일까. 굳이 흥을 이어 나가지 않아도 돌아갈 집과 함께할 사람이 있으니 그것으로 되었다고 생각했던 것일까. 평생 꼿꼿한 선비로 살았던 매요신은 아내를 퍽 귀히 여기고 존중하며 사랑을 나눌 줄 아는 사람이었다. 그것만으로도 나는 그가 참된 삶의 의미를 아는, 진실한 사람이었다고 생각한다.

4장

인생의 즐거움이
어찌 많음에 있으랴

향긋한 쓸쓸함에 관한 시들

세상의
모든 두보에게

초가을 몹시 더운 데다 문서는 끊임없이 쌓여가고

두보 杜甫 (당)

칠월 엿새 찜통더위가 괴로워

밥 때에 나온 음식은 두고도 먹을 수가 없네.

밤새 전갈이 나올까 늘 근심 중인데

하물며 가을 되고 나면 파리까지 기승을 부리면 어쩐다?

관복이 답답해 미친 듯 마구 소리 지르고 싶은데

시급한 장부와 문서는 끊임없이 쌓여 가네.

남쪽을 보면 푸른 소나무가 낮은 골짜기로 이어져 있는데 어찌해야 맨발로 두꺼운 얼음 밟을 수 있을까.

早秋苦熱堆案相仍	조추고열퇴안상잉
七月六日苦炎蒸,	칠월육일고염증
對食暫餐還不能.	대식잠찬환불능
常愁夜來皆是蝎,	상수야래개시갈
況乃秋後轉多蠅.	황내추후전다승
束帶發狂欲大叫,	속대발광욕대규
簿書何急來相仍.	부서하급래상잉
南望靑松架短壑,	남망청송가단학
安得赤脚踏層氷.	안득적각답층빙

가을 문턱에 들어섰다 하더라도 방심할 수 없는 것이 늦더위
라는 복병이 있어서다. 공기 결이나 햇볕의 농도가 한여름과는
분명히 달라졌다 싶었는데 늦더위가 덮치면 뭔가 배반당한 것
같아 억울하다. 휴가도 방학도 끝나 일터로 학교로 돌아가야 하
는데 늦더위가 덮치면 힘이 쭉 빠진다.

두보가 늦더위를 만나 이 시를 쓴 것은 마흔 중반 무렵 화주사
공참군(華州司功參軍)으로 좌천되어 있을 때였다. 안록산의 난
이 터지고 숙종(肅宗)이 영무(靈武)에서 임시로 즉위한 사실을
알고 두보는 그에게 가기로 한다. 가는 도중 반군에 붙잡혀 장안

에 억류되었지만 다음 해 두보는 위험을 무릅쓰고 장안을 탈출하였고 숙종을 배알하여 그 공으로 좌습유(左拾遺)라는 벼슬을 받았다. 좌습유는 임금에 간언하는 자리여서 두보는 이 관직을 무척 마음에 들어 했지만 그 행복도 잠시, 반군 토벌에 실패한 방관(房琯)을 변호하는 간언을 올렸다 숙종의 미움을 사 곧바로 좌천되었다. 이 모든 것이 순식간에 일어난 일이었으니 두보는 기가 찼고 어이가 없었을 것이다.

화주는 북쪽 땅이라 추위가 일찍 오는 편인데 올해는 이상하게도 늦더위가 한창이다. 찜통에 찌는 듯 온 세상이 설설 끓고 있으니 괴롭다. 더운 날씨에 입맛을 잃어 음식을 보고도 먹고 싶은 생각이 들지가 않는다. 게다가 시인이 있는 곳은 전갈이 있나 보다. 무시무시한 것이 나올까 봐 밤새 잠도 자는 둥 마는 둥 피로한데 가을이 되면 파리까지 기승을 부릴 테니 더더욱 성가시다 하였다. 전갈과 파리는 단순한 의미가 아니라 왕이 현명한 판단을 하지 못하도록 막아 자기를 이곳까지 오게 한 참언하는 신하, 해악을 끼치는 신하를 비유한다. 그들은 끔찍하게 싫고 두려운 존재인 것이다.

게다가 명색에 관리이니 관복을 입어야 했다. 사실 두보는 천자 곁에서 직언하다 하급 관리로 좌천된 것이어서 지방 장관은 마땅히 그를 대우해 주었어야 했다. 그러나 두보는 부임한 지 한 달이 넘도록 장부와 문서 정리로 바빴으니 이는 그를 평범한 하급 관리로밖에 취급하지 않은 것이다. 일은 왜 이리 많은지, 오는 문서들은 다 시급하다며 재촉한다. 제대로 대우받고 있지 못하고 있다는 모멸감에 저 내장 아래에서 뜨거운 것이 올라오는 것 같고 날은 덥고 옷은 거추장스러워 돌아버릴 것 같아 마구 소리를 지르고 싶다. 자신의 신세와 처지가 한심하고 가련하여 누구라도 붙잡고 원망 어린 하소연이라도 하면 좀 시원했을까.

그러나 시인은 꾹 참는다. 그저 눈을 돌려 푸른 소나무 숲이 낮은 골짜기로 이어져 있는 것을 보며 열을 식힌다. 더 이상 함부로 입을 놀려 저 전갈이나 파리 같은 놈들에게 꼬투리를 주고 싶지 않았을 것이다. 그러면서 언젠가 버선을 벗고 두꺼운 얼음을 밟으며 마음껏 차가움을 만끽할 수 있기를 바라며 맺는다.

나 역시 무척 더웠던 어느 날 아직 걷지 못한 아가와 에어컨도 없는 작은 집에서 보냈던 날이 있었다. 너무 더운데 어찌할 방도가 없어 욕조에 물을 받아 놓고 종일 물놀이를 하게 했다. 당시 난 학위논문을 써야 했는데 날은 덥고 아기는 칭얼대어 책 한 페이지 제대로 볼 수 없으니 정말 답답해 미칠 것 같았다. 초조하고 조급한 마음이 들지만 어쩌겠는가. 참고 또 참으며 아기랑 놀고 재워 주며 조각난 시간을 이리저리 엮어 책을 보고 글을 쓸 수밖에 없었다. 신문에서는 연일 역대 최고 기온 운운하며 보도했지만 지나고 보니 더위 자체보다는 답답하고 초조했던 기억만 남아 있다. 아마 두보 역시 더위도 더위이지만, 현재의 답답하고 억울한 상황 때문에 세상 떠나가라 소리를 지르며 다 집어치우고 싶었던 것 아니었을까.

더우면 더워서 난리, 추우면 춥다고 호들갑인 나와는 달리 덥든 춥든 계절이 바뀌든 바깥 사정에 아랑곳하지 않고 해야 할 일을 묵묵히 해 나가는 사람이 더 많다. 누군들 더위나 무거운 책임에서 벗어나 시원한 그늘에서 한숨 늘어지게 자거나 냇물에 발을 담그며 한가함을 누리고 싶지 않을까. 그러나 또 마음대로 살 수 없는 것이 인생이고 밥벌이의 엄정함일 것이다. 언론인이자 소설가인 김훈은 "곤죽이 되도록 열심히 일했"지만 역시 대책이 없으니 "꾸역꾸역 밥을 벌자"고 하지 않았던가. 이런저런 상황을 꾹 참고 그저 시를 쓰며 조용히 자기 마음을 달래고 있는 이 세상의 모든 두보에게 시원한 빙수 한 그릇 같이 하자고 말 건네고 싶다.

고요히 숨은
아름다움

막 비가 갠 후 산 위에 달이 떠

문동 文同 (송)

키 큰 소나무 성근 가지 사이로 달빛이 새어들어

그림자가 마치 땅에 그려진 그림 같구나.

그 풍경 좋아서 그 아래를 배회하다가

오래도록 잠을 이루지 못하였네.

바람 불어 연잎 말려서 날아갔을까 겁이 났고

비가 와서 산 과일 떨어졌을까 걱정하였네.

고심하여 시 읊는 나와 누가 함께 하려나

숲 가득 울려 퍼지는 귀뚜라미 소리라네.

新晴山月	신청산월
高松漏疏月,	고송루소월
落影如畫地.	낙영여화지
俳徊愛其下,	배회애기하
及久不能寐.	급구불능매
怯風池荷卷,	겁풍지하권
病雨山果墜.	병우산과추
誰伴余苦吟,	수반여고음
滿林啼絡緯.	만림제락위

시인은 우리가 심상하게 보아 넘겼던 것, 어수선하고 모호하게 느꼈던 것을 명징한 언어로 구체화하는 사람이다. 어떤 경우는 시인이 독자를 들었다 놨다 하며 시상에 따라 요리조리 이끌기도 하고 어떤 때는 한두 구절을 빼어나게 써서 독자를 한눈에 사로잡기도 한다. 보통은 정연한 구조 속에 시상을 잘 배치하여 감동을 일으키는 시를 더 높이 쳐주지만, 한 편의 시에서 단 몇 구절만 빼어나다고 해서 어찌 그 시를 함부로 폄하할 수 있을까. 그 한 구절 때문에 그 시인이 좋아질 수도, 그 시인 전체 작품을 다 읽을 수도 있지 않은가.

나는 대학 때 "이런 정이 때가 되면 추억이 되겠지만 그저 당시에는 망연자실하여 경황이 없었다오."라는 당나라 시인 이상은(李商隱)의 시구를 특히 좋아했다. 그의 시는 난해하기 그지없어서 뭐가 뭔지 잘 몰랐지만, 지금 혼란하고 알 수 없다 하더라도 시간이 지나면 분명 지금을 그리워하며 추억을 더듬는 날이 올 것이라는 이 구절에서 쓸쓸하고 처연한 느낌과 인생에 대한 회한까지 느껴져 시인의 작품을 더 봐야겠다고 생각했다. 결국 나는 이 시인으로 석사와 박사학위 논문을 썼고 그의 시를 완역하여 책도 냈다. 그러니 시의 한 구절도 소홀하게 볼 것은 아니다.

나는 문동이 쓴 이 시의 첫 두 구절이 그렇게나 좋았다. 밝은 달빛에 소나무 가지가 땅에 그림자를 드리운 모양이 마치 수묵화 같다고 한 대목을 볼 때, 와! 나와 같은 사람이 송나라에도 있었구나 싶어 동질감을 느꼈다. 나는 햇볕에 아른대는 꽃나무의 그림자를 특히 좋아해서 작년 가을에는 아파트 담벼락에 흔들리는 단풍나무 그림자를 보느라 그 앞의 벤치에 한참이나 앉아 있던 적도 있었다. 가로수나 화단의 꽃은 그저 이쁘네 하고 지나가지만 그림자는 멈춰 서서 가만히 들여다본다. 색깔과 형상이 또렷한 실체는 때론 피로감이 느껴지나 그림자는 고요해서 편안하다. 그림자를 보고 있으면 그림자 주인은 어떤 모습일까 궁금해지고 그림자의 단조로운 모습에는 상상이 파고들 여지가 많아 그것만으로도 여유가 느껴진달까.

시인은 땅에 그려진 그림 같은 그림자를 보여 주며 조용히 독자를 아름다운 세계로 부른다. 비가 갠 밤, 유난히 밝고 맑은 달빛이 소나무 가지에 비추어 그림자를 만들고 있는데 시인은 소나무 아래를 서성이며 그 예쁜 그림자를 보고 또 보고 있다. 그 풍경이 너무나 마음에 들어 잠을 이루지 못할 정도이다. 아름다운 것에 몰입하여 그것에 집착하는 모습은 화가이기도 한 그의 일상을 보여 주는 것 같아 퍽 흥미롭다.

달빛이 만들어 낸 수묵화에 심취하다 어느새 상념은 연못과 산속까지 미친다. 비바람이 친 후라 연잎이 말리거나 뒤집어졌을지, 산속에서 여물고 있는 과일이 떨어졌는지 걱정된다. 비바람에 가을의 장식물이 망가졌을까 마음이 쓰인 것은 섬세하고 예민한 예술가의 면모다. 이런 마음에 드는 풍경을 대하면 영감이 떠오를 테고 그것을 누군가 함께 나눌 수 있으면 좋겠지만 시인 곁에는 아무도 없다. 시인 홀로 글자를 고르며 시 짓는 일에 골몰하고 있자니 사위는 고요하고 그저 귀뚜라미 소리만 들린다. 보통 '창작의 고뇌'라 하면 고통스러운 표정으로 머리를 쥐어뜯으며 자신의 저 밑바닥에 있는 글을 길어 올리느라 때로는 자기 파괴적인 행동까지 서슴지 않는 모습이 연상되지만, 문동이 보여 준 창작의 세계는 유난스럽지 않고 고요하며 쓸쓸하기까지 하다.

수업 때 이 시를 읽으니 김홍도(金弘道)의 〈소림명월도(疏林

明月圖)〉가 떠오른다는 의견이 있었다. 그림을 찾아보니 어쩜, 이 시와 너무나 잘 어울린다! 성긴 숲에 밝은 달을 그린 그림이다. 나는 그림을 잘 볼 줄 모르지만 심심하면서도 멋 부리지 않은 풍경에 어쩐지 눈길이 간다. 색채가 화려하지도 않고 동양화에 자주 등장하는 조그만 사람도 없으며 그저 환한 달이 낮게 떠 있고 그 사이로 짙고 옅은 가지를 인 나무가 자유롭게 서 있다. 무심하게 비추는 달과 나무의 성긴 모습이 우리에게 편안함과 쓸쓸함을 느끼게 하나 보다. 이 그림에 대해 미술평론가 손철주는 "성긴 이미지로 소박하면서도 쓸쓸한 정서를 기막히게 잘 우려내었다"고 하였고, 미술사가 오주석은 "알 수 없는 고적감(孤寂感)이 든다"고 하였다. 김홍도도 문동처럼 저 광경을 보고 너무 좋아서 그 주위를 서성이며 어떻게 이 느낌을 화폭에 옮길지 궁리했으려나. 김홍도와 문동은 다른 시대 다른 나라 사람이지만 나뭇가지 사이로 비추는 달빛과 그것이 자아내는 미적 분위기에 특별한 인상을 가졌나 보다.

한시에는 시인이 작정하고 묘사에 온 힘을 기울인 듯한 멋진 구절이 허다하다. 그런데도 내가 이 시에 눈길이 가는 것은 밋밋하고 심심한 풍경에서 아름다움을 보는 시인의 시선 때문이다. 프랑스 작가 콜레트(Colette)는 본질적으로 예술이란 "기다리고, 감추고, 부스러기를 모으고, 다시 붙이고, 다시 금박을 입히고, 가장 나쁜 것을 그렇게 나쁘지는 않은 것으로 바꾸는 법을 배우는, 시시함과 인생의 맛을 잃는 동시에 회복하는 법을 배우는 내면의 업무"라 했다. 대단치 않더라도 거기에서 무엇인가를 보아 낼 줄 알아 그럴듯한 것으로 바꾸어 내는 것이 예술이라고 본 것이다. 문동은 나뭇가지 그림자에서 수묵화를 보는 안목을 지녔고 그것을 잘 다듬어 쓸쓸한 가을밤을 읊을 재주가 있었다. 나는 이렇게 별것 아닌 듯한 것에 의미를 부여하여 별것으로 만드는 것에 점점 마음이 간다. 요란을 떨지 않아도 그 안에 고요하게 숨은 아름다움을 끄집어 낼 줄 아는 예술가에게 나의 밋밋한 삶을 맡기고 싶은 것이다.

문득
시간이 낯설다

여관에 묵으며

두목 杜牧 (당)

여관에는 함께 지낼 좋은 벗이 없기에
나 혼자 조용히 생각에 빠져 본다.
차가운 등불 아래 옛날 일을 생각하며
시름 속에 졸다 외기러기 소리에 정신이 번쩍 든다.
먼 꿈에서 돌아오니 어느덧 새벽이 되었는데
고향 편지가 온 지는 해를 넘겼도다.
푸른 강과 안개 속의 달빛이 곱고

문 앞에는 낚싯배가 매여 있겠지.

旅宿	여숙
旅館無良伴,	여관무량반
凝情自悄然.	응정자초연
寒燈思舊事,	한등사구사
斷雁警愁眠.	단안경수면
遠夢歸侵曉,	원몽귀침효
家書到隔年.	가서도격년
滄江好煙月,	창강호연월
門繫釣魚船.	문계조어선

시인 두목은 요즘 말로 금수저 출신이다. 할아버지 두우(杜佑)가 재상을 지냈기 때문에 풍족한 집안에서 좋은 교육을 받으며 자랐다. 게다 어려서부터 명석하여 일찌감치 문단의 기린아로 주목을 받았음은 물론이고 젊은 나이에 과거에 급제하여 풍운의 뜻을 안고 관계에 발을 들여놓았다. 이 전도유망했던 청년은 조선에도 꽤 유명세를 탔다.

제주시에는 조선 시대 건물인 관덕정(觀德亭)이 있다. 본래 이곳은 활쏘기 훈련장이었는데, 건물 내부에 재미있는 그림이 있다. '취과양주귤만헌(醉過楊州橘滿軒)' 즉 '취하여 양주를 지나가면 수레에 귤이 가득찬다'라는 뜻의 글귀가 적혀 있고 수레를 탄 남자에게 여인들이 귤을 던지는 장면이 그려져 있다. 이 남자가 바로 두목이다. 두목은 인물과 풍채가 아주 빼어나 양주의 기생들이 그에게 귤을 던지며 구애했다는 이야기가 있는데, 요즘으로 치면 슈퍼스타 아이돌쯤 되려나. 이 이야기는 판소리 〈춘향가〉에 이도령을 두고 "'취과양주귤만거'의 두목지(杜牧之) 풍채로구나."라 감탄하는 대목에도 보인다. 중국에 미남 문인들이 꽤 되는데 유독 두목에게 집중하는 것은 아무래도 그가 다 갖췄기 때문이 아닐까. 집안 좋고 명석하고 시문에 뛰어나며 수려한 용모를 가진 풍류남이 바로 그였다.

'금수저'에 '엄친아'로 뭐가 부러울 게 있을까 싶지만 그의 인생을 들여다보면 그렇게 호락호락하지 않았음을 알 수 있다. 26세의 젊은 나이로 과거에 급제하였으나 당시는 당파싸움이 치열한 때라 중앙관직을 얻지 못하고 지방을 전전했다. 금방 조정에 들어가서 웅지를 필 줄 알았지만 그런 기회는 좀처럼 오지 않았다. 게다가 그는 평소에 잠이 많고 음주가무를 너무 좋아하였으며 기녀에 빠지면 자제하지 못해 며칠씩 자리를 비울 때가 많았다. 한번 발동이 걸리면 오래 탐닉하여 공무에 방해될 정도여서 윗사람으로부터 '방탕불기(放蕩不羈)' 즉 마음대로 행동한다고 경고를 받기도 했지만, 그것은 뜻대로 되지 않는 세상에 대한 나름의 반항이자 방황 같은 것이었다. 어쨌거나 어디에 얽매이거나 강압적인 것을 매우 싫어하는 성격이었던 것이다.

그는 훗날 기루(妓樓)에서 10년을 꿈같이 보냈다는 시구를 썼는데 그때의 생활을 담은 시는 그의 풍류 호색적인 특징을 고스란히 보여 준다. 물론 호방하고 선이 굵은 성격의 작품도 있어서 당시 어지러운 정국이나 쇠퇴하는 국운에 대하여 불만을 터뜨리기도 하였지만, 역시 그는 풍류를 즐겼던 부잣집 도련님 인상이 강하다. 당시 상황이 그를 품어줄 만큼 너그럽지 않은 점도 있었지만 스스로의 열정과 재능을 낭비하며 함부로 산 책임도 없지 않으리라.

그렇다고 그에게 불안과 고민이 없었겠는가. 혼란스러웠기에 자기를 더 쾌락에 맡긴 것도 있었을 것이다. 잔치는 끝나고 젊은 이는 나이 든다. 시간이 흘러 혼돈스러운 젊음의 뒤안길에서 돌아와 자신을 거울 앞에 세울 수 있게 되자 시인은 비로소 자기를 진지하게 돌아본다. 완전히 다른 사람이 된 듯 전혀 들뜨지 않고 젠체하지도 않으며 소박한 어조로 자신이 무엇을 기억하고 무엇을 잊었는지를 짚어 보았고 앞으로 무엇을 그리며 살 것인지를 질문한다.

정담을 나눌 사람 하나 없이 혼자 객지에서 보내는 밤. 시인은 조용히 생각에 빠져 있다. 지난 기억을 떠올리니 오만가지 생각이 꼬리를 문다. 용모도 수려하고 재능도 뛰어나 인기 만점으로 장안에 소문이 파다했는데 어쩌다 곁에 아무도 없이 여관에 몸을 누이게 되었는가. 불문학자 황현산은 "시는 기억술이다."라는 말을 소개하며 "왕성한 생명과 순결한 마음, 좌절과 패배의 분노, 희망 같은 것을 현재에 용솟음치게 하는 아름다운 방법"이라 하였는데, 두목은 차가운 등불 아래 암담했고 고통스러웠으며 무모했고 경솔했으며 방탕하고 자유로웠던 시절을 기억하면서 고독한 현실을 시로 엮어낸다. 그러다 저도 모르게 잠이 들고 외기러기 우는 소리에 정신이 번쩍 든다. 무리에서 홀로 떨어져 날아가는 기러기는 시인 자신의 모습이요, 깜짝 놀라는 것은 속절없이 흐르는 시간에 대한 낯섦이다.

자신만만하고 전도유망했던 청년이었는데 순식간에 기러기소리에도 마음이 울적해지는 나이가 되었다. 무릇 여름은 가고젊음은 사그라들며 그렇게 삶은 소멸하는 법. 시간을 의식하지않는 것은 젊음의 특권이다. 소설가 사강(Sagan)이 묘사했듯 시간이 "손가락 사이로 빠져나가는 노랗고 보드라운 모래 폭포"처럼 지나가는 것을 의식하게 되면 이제는 슬픔과 인사하는 익숙한 관계가 되고 만다. 두목은 기러기 날아가는 소리에 가는 세월을 의식하였으니 더 이상 젊지 않은 자신을 대면하였고 들뜸을 가라앉힐 때가 되었음을 느낀다. 내면의 혼란함을 감추고 싶어겉으로 호탕하게 굴었지만 곁에는 아무도 없고 남은 것도 없지않은가. 결국은 부박하고 부질없는 것에 열정을 바치고 있었음을 인정하지 않을 수 없다.

나는 그의 이러한 변화가 마음에 든다. 나이가 들어도 젊은이 못지않은 열정과 체력을 지녔다고 어필하며 온갖 욕망을 드러내 보이는 사람은 딱하다. 반대로 노쇠함에만 집중해서 모든 일에 벌벌 떠는 사람도 불쌍하다. 송나라 문인 구양수(歐陽修)가 가을의 소리를 듣고 힘과 지혜가 옛날만 못하다고 근심하는 것은 어리석은 것이라 하면서 세월에 따라 사람도 당연히 변하기 마련이니 두려워할 것 없다고 스스로에게 이른 적이 있다. 여름이 가면 가을이 오듯 신체의 변화와 역할의 바뀜을 받아들이는 것, 자신이 더 이상 이전과 같은 존재가 아니라는 것을 인정하는 것이 필요하다는 것이다.

두목은 자신이 자연에 순응할 단계로 접어들었음을 분명히 안 사람이었다. 한번 한다면 하는 그. 그리하여 만년은 고요하다 못해 쓸쓸하였다. 장안성(長安城) 남쪽 번천별서(樊川別墅)에서 자연을 벗 삼아 살면서 하나하나 정리해 나갔다. 나이 쉰이 되던 해 자신의 죽음을 예견한 듯 묘지명을 쓴다. 그는 묘지명에 병서(兵書)에 주석을 단 것만 성과로 꼽았고 명성을 안겨 주었던 수많은 시문은 언급조차 하지 않았다. 그다음으로 그가 썼던 시고(詩稿)를 검토해 많은 분량을 태워 정리했다. 그는 정말 무대에서 내려가는 법을 잘 알고 있었던 사람이었던 것이다. 조선의 시인 허난설헌(蘭雪軒許)이 이 시인을 흠모하였다 하는데, 그의 재능과 열정과 함께 이런 의젓함과 깔끔함을 높이 샀던 것 아닐까.

단 한 사람의
시인

술을 마시며

도연명 陶淵明 (동진)

가을 국화 색깔 아름답기 그지없어

이슬에 젖은 그 꽃망울을 따

이것을 술에 띄우면

내 세상사를 잊고자 하는 마음이 더욱 깊어진다.

한 잔 따라 비록 홀로 마시고 있지만

잔이 비면 술병은 저절로 기울어진다.

해 지면 온갖 생명들은 움직임을 멈추고

둥지로 돌아가는 새들은 숲을 향해 운다.

동쪽 창 아래서 맘껏 휘파람 불다 보면

그런대로 다시 이런 참삶을 살게 된다.

飮酒詩	음주시 7
秋菊有佳色,	추국유가색
裛露掇其英.	읍로철기영
汎此忘憂物,	범차망우물
遠我遺世情.	원아유세정
一觴雖獨進,	일상수독진
杯盡壺自傾.	배진호자경
日入群動息,	일입군동식
歸鳥趨林鳴.	귀조추림명
嘯傲東軒下,	소오동헌하
聊復得此生.	요부득차생

수천 년간 중국에는 뛰어난 작가나 인물이 많지만 그중 내가 가장 좋아하는 시인을 꼽으라면 역시 도연명이다. 그는 가난 때문에 스무 살 때부터 관료 생활을 시작했으나 자기와 맞지 않아 벼슬과 은거를 반복하다 팽택령(彭澤令)을 끝으로 벼슬을 그만두고 낙향하였다. 마흔한 살이었다. 여기까지만 보면 그의 선택

이 좀 충동적이고 경솔한 것 아닌가 볼 수도 있을 것이다. 그러나 그 후 그가 보여 줬던 삶을 보면 오랫동안 고민한 선택이었음을 짐작할 수 있다.

그는 가만히 앉아서 전원의 풍광을 관찰만 하지 않았다. 직접 괭이를 메고 농사를 지어 생계를 꾸렸는데, 난 그가 직접 농사짓는 것을 묘사하는 장면을 볼 때마다 감탄한다. 고관을 내었던 집안 출신에 본인도 현령까지 지냈던 사람이 이렇게 자연스럽게 육체노동을 하다니! 주변 농부들과 이렇게 스스럼없이 농사 이야기를 할 수 있다니! 그의 꾸밈없음과 겸손함이 난 그렇게 좋다. 직접 농사를 지으면서 보고 듣는 것과 터득한 이치를 시로 읊었으므로 그의 시는 인간의 '마지막 진실'을 담고 있다. 책상머리에 앉아 머리로 쓴 겉멋 들고 허망한 '분식담론'과는 차원이 다른 것이다.

도연명은 건실한 농부이기도 하였지만 술과 국화를 좋아한 낭만 시객(詩客)이기도 했다. 시인이 "귀거래(歸去來)! 돌아가자"라 외치고 고향 집에 이르러 가장 먼저 눈길이 간 것은 소나무와 국화였다. 추위에 아랑곳하지 않고 꼿꼿하게 선 모습에 고집스럽고 타협하지 않는 자신을 본 듯했을 것이다. 그런데 그는 고된 노동을 하면서 어지러운 세상에서 지조를 지킨다는 거창한 대의나 명분보다는 자연의 섭리를 따르는 소박한 삶이 가장 소중하다는 것을 깨닫는다. 그리하여 그는 국화를 다시 보게 된다. 국화는 자신을 굳이 드러내지 않아도 그윽한 향기를 풍기는 수수한 은자와 같은 의미로 그에게 다가왔다.

이 시는 가을밤 홀로 술을 마시는 정경을 그리고 있다. 시인에게 술은 단순한 술이 아니었다. 술은 시름을 풀어 주기도, 위로를 주기도, 즐거움을 주기도 한 다정한 친구였는데, 오늘은 이슬 젖은 국화의 색이 너무나 마음에 들어 꽃망울을 따 술에 띄워 마시기로 한다. 술을 근심을 잊게 만든다는 '망우물(忘憂物)'이라 부른 것은 걱정에서 놓이고 싶어 하는 시인의 마음을 드러낸다. 시골에서 지내는 게 외롭고 억울하며 답답할 때가 있었을 테고 자신의 선택에 회의하기도 했지만 이 망우물 덕택에 자신을 추스를 수 있었나 보다.

한 잔 한 잔 연거푸 마시다 보니 날이 저물어 주변이 고요하다. 해 뜨면 움직이고 해 지면 멈추는 단순한 삶, 아침에 둥지를 떠났다 저녁에는 둥지로 돌아가 쉬는 새를 보며 시인은 자연의 섭리를 깨닫는다. 아무리 골치 아프게 고민을 해 보아도 결국 우리의 삶은 이렇게 단순한 것이라고, 욕망에 휘둘리거나 집착하지 않고 자연의 일부로 사는 것이 맞는 삶이라는 결론에 다다른다. 도연명은 술을 많이 마셨지만 주정을 부리거나 통제 불가능한 적은 없었다. 오히려 더 편안해지고 한가로워졌으며 친절해졌고 관대해졌다. 잠시 근심걱정으로 괴로웠지만 국화 띄운 술 몇 잔에 시원스레 맘껏 휘파람을 부는 자유롭고 유쾌한 현자의 모습으로 돌아온다.

국화는 나에게도 또 다른 의미로 다가온 적이 있다. 수술과 입원을 하느라 혼꾸멍이 난 나에게 한 선배가 바깥 구경을 못 해 안됐다며 소국 화분을 선물해 주었다. 노란 꽃이 앙증맞은 화분은 한참 후 꽃이 지고 앙상해지더니 금방 죽을 것 같았다. 그땐 내 몸 하나 건사하기가 어려워 돌봐줄 생각도 못 한 채 다른 화분 위에 그냥 올려두었다. 그랬더니 뿌리가 플라스틱 화분을 뚫고 나와 밑의 큰 화분의 흙을 찾아 자리를 잡더니 싱싱하게 자라기 시작했다. 물도 주지 않았는데 그 작은 게 살려고 뿌리를 뻗어 기어이 자신이 지탱할 만한 흙을 찾아낸 것이다. 뿌리를 실하게 내리더니 다음 해에 꽃을 피웠다. 나는 그 모습이 대견하여 보고 또 보았다.

생명이란 참으로 오묘하여 하루아침에 허무하게 져버리기도 하지만, 참으로 질기고 독하기도 하여 이제 그만 포기해야지 싶던 것도 어느새 회생하여 전보다 더 건강해지기도 한다. 꽃을 피우기 며칠 전부터 나는 매우 아파서 이렇게 사는 게 지긋지긋하다고, 이 꼴로 무엇을 하겠냐고 시무룩해 있었다. 그런 나에게 이 소국은 자기를 보라는 것 같았다. 이 작은 식물도 살겠다고 애를 써서 결국 꽃까지 피워 내는데 네가 뭔데 이 생명의 힘을 우습게 여기는가. 아주 작은 생명의 기운만 있어도 언제나 희망은 있는 것, 누구도 함부로 포기를 논할 수 없는 것 아닌가. 나는 내게 남은 이 작은 기운도 감사히 여겨서 살려고 더 노력해 보자고 다짐했다. 매년 가을에 소국 화분이 나오면 나를 일으켜 참삶을 살게 한 그 생명의 힘이 떠오른다. 국화가 도연명에게 특별했듯이 나에게도 국화는 남이 모르는 나만의 의미가 있는 것이다.

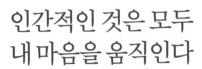

인간적인 것은 모두
내 마음을 움직인다

도연명을 모방하여

위응물 韋應物 (당)

서리와 이슬이 온갖 풀 시들게 하는데

때맞춰 핀 국화만이 홀로 어여쁘도다.

국화의 본성이 이러하니

추위나 더위가 그를 어찌하리오.

국화를 따서 탁주에 띄워 마시다

해 지자 농가에 모인다.

초가집 처마 아래서 맘껏 취하니

인생 즐거움이 어찌 많음에 있으랴.

效陶彭澤	효도팽택
霜露悴百草,	상로췌백초
時菊獨妍華.	시국독연화
物性有如此,	물성유여차
寒暑其奈何.	한서기내하
掇英泛濁醪,	철영범탁료
日入會田家.	일입회전가
盡醉茅檐下,	진취모첨하
一生豈在多.	일생기재다

　나는 소박하고 담백한 도연명과 그의 시를 좋아하지만 그렇게 살라고 한다면 멈칫하게 된다. 멀쩡한 직업을 그만두고 가난과 고된 노동을 자발적으로 선택하는 것은 나 같은 보통 사람에겐 쉽지 않다. 당나라 시인 위응물도 도연명을 동경하고 흠모하였으나 현실을 외면하지 못해 그렇게 살지 못했다. 그래서 평범한 우리는 위응물에 더 공감할지도 모르겠다.
　위응물의 생애를 보면 참 인간적이다. 열다섯 살에 음보(蔭補)로 현종(玄宗)을 호위하게 되자 오만방자가 하늘을 찔렀다. 요즘으로 치면 무서울 것 없는 '중딩'인 셈인데, 길거리에서 불량

배 행세를 하고 아침부터 도박판을 벌였으며 저녁엔 여인을 희롱하고 술에 취해 있는 등 멋대로 살았다고 한다. 그러다 안사의 난이 일어나 피난 중에 참혹한 현실을 목도하고 나서야 현실에 눈을 뜨며 정신을 차린다. 과거의 자신을 반성하며 공부에 매진, 진사에 급제하여 벼슬 생활을 시작한다.

스물아홉 살에 낙양승(洛陽丞)으로 관계에 발을 들여놓았는데 얼마 지나지 않아 송사에 휘말린다. 환관의 세력을 등에 업고 백성을 괴롭히는 이들을 처벌하려 하였는데 도리어 위응물이 재판을 받게 되었고 부임한 지 2년 만에 낙양승에서 물러나게 된다. 이때부터 그는 은거에 대한 꿈을 키우기 시작한 것 같다. 관직 생활에 회의가 들어 도연명처럼 과감하게 벼슬을 그만두고 은거하고 싶은 마음이 있었지만 다른 한편으로 맡은 바 책무도 중요하다고 생각했다. "그윽함을 좋아해 마음이야 몇 번이고 머무르고 싶건만 일에 쫓겨 발길은 외려 급하기만 하도다. 언젠가는 그만두고 여기에 오두막을 지어 도연명을 흠모하는 마음 이룰 수 있으리."라는 구절에서 보듯, 그는 산수를 즐기다가도 발길을 되돌려 직무를 성실히 수행하였고 은퇴한 후에나 귀은하겠다는 다짐만 반복하였다. 그 호기롭던 청년은 어디 가고 생활인만 남았는지, 생각하면 딱하기도 하지만 어른 노릇 하기가 어디 쉽던가.

그러는 사이에 위응물은 도연명의 열렬한 팬이 되었다. 도연명의 용기와 과단성, 소박하고 자유로운 정취를 마음 깊이 동경하였다. 자신은 결코 도연명이 될 수 없다는 것을 잘 알고 있었기에 도연명 시라도 열심히 학습하여 그의 진솔하고 담백한 정취까지 닮으려고 노력하였다. 이 시는 앞에서 보았던 도연명의 〈음주시〉를 흉내 낸 것이다.

서리가 내려 모든 것이 시든 때 오직 국화만이 추위에 아랑곳하지 않고 어여쁘게 피어 있다. 타고난 굳센 생명력은 그에게 '오상(傲霜)'이라는 별명을 안겨 주었고 사람들의 주목을 끌었다. 시인은 도연명을 좇아 국화를 따 탁주에 띄워 마신다. 탁주라고 밝힌 것도, 술 마시는 곳이 초가집 처마 아래라 한 것도 소박함을 드러낸 말이다. 해가 지자 하루의 피로를 푸는 농부들과 마음껏 취하니 참으로 즐거워 보인다. 편한 사람과 왁자지껄하게 마시며 고된 하루를 마감하는 것이야말로 진짜 인생에서 누릴 수 있는 것이다. 위응물은 농사를 직접 지은 것은 아니나 관료로서 일을 성실하게 했기 때문에 농부의 마음을 십분 이해할 수 있었으리라. 참삶을 누리는 데에는 무엇을 많이 가졌다는 게 별로 중요하지 않다. 부와 명성, 지위와 권력, 재능이나 수명 같은 것이 풍성하다 해서 꼭 행복한 것은 아니라는 말이다.

도연명의 시와 마찬가지로 위응물도 뽐내지 않는 수수함, 세파에 꺾이지 않는 내면의 단단함, 소박한 즐거움을 한껏 누리는 여유를 국화에 담아내었다. 도연명처럼 생각하고 도연명처럼 살고 싶었지만 차마 벼슬을 내려놓을 수 없었던 그는 도연명 흉내를 내며 조금의 위로로 삼았던 것이다.

내가 위응물이 겪었던 이상과 현실 사이의 괴리에 마음이 쓰이는 것은 비슷한 경험이 있어서이다. 언젠가 예쁜 집을 짓고 흙을 밟으며 살고 싶어 지방에 작은 땅을 사놓았던 적이 있다. 장래에 집을 지어 이사할 수 있으리라 생각했지만 현실은 어림없었다. 직장도 다녀야 하고 애들 학교 문제도 있어서 도시에서 꼼짝할 수가 없었다. 그래도 마음이 답답하거나 일이 꼬여 잘 풀리지 않으면 그 땅을 찾아가 정 갈 데 없으면 여기 오면 되지, 여기서 채마밭을 일구어 그것 먹고 살면 되지라며 막연한 희망을 품었다. 위응물이 도연명 흉내를 내며 잠시 즐거웠던 것처럼 말이다. 한참이 지나서야 이룰 수 없는 꿈이라는 것을 인정할 수밖에 없었고 그 땅을 팔았다. 어찌나 서운하고 헛헛하던지.

위응물이 도연명처럼 귀은했을까? 하지 못했다. 은퇴한 후 장안(長安) 근교에서 은거하고 싶었지만 궁핍이 마지막 꿈을 포기하게 했다. 절에서 지내다 결국 그곳에서 생을 마쳤고, 죽고 나서야 고향으로 돌아갈 수 있었다. 포르투갈 시인 페소아(Pessoa)의 시구처럼 인간적인 것은 모두 내 마음을 움직인다. 평생 동경만 하다가 꿈을 이루지 못했기 때문에 시인은 너무나 인간적이었고 슬픈 세상에 깃든 이 인간적인 시인의 사랑스러운 시는 나에게 그 어느 것보다 아름답고 감동적이다.

경성
제일의 전

국화전

최영년 崔永年 (조선)

동쪽 울타리에 향기 머금은 국화 따다가
글 친구 불러서 술대접을 하네.
뱃속에 비린내는 남겨두지 않고
가을이 가져다준 향기를 들이마시네.

菊花煎   국화전

采采東籬菊有芳,   채채동리국유방

招呼詞客侑壺觴.　초호사객유호상

腹中不蓄腥臊氣,　복중불축성조기

能吸秋來一種香.　능흡추래일종향

　국화를 처음으로 먹을 생각을 한 것은 누구였을까. 한시에서
는 "저녁에는 떨어진 가을 국화의 꽃송이를 먹네."라는 시구를
쓴 전국 시대 초나라 시인 굴원(屈原)에서 기원을 찾는다. 그는
향기로운 국화를 먹는 것으로 자신의 고결함을 드러내었는데,
국화는 서리가 내려도 꿋꿋하게 꽃을 피우는 강인함과 은은하고
맑은 향기를 지녔기 때문에 그것을 먹는 것은 고상한 선비를 비
유한다고 보았다.

　국화는 열과 혈압을 내려주고 간과 눈에 좋다고 하여 약용으
로도 널리 쓰였다. 요즘도 국화차나 국화주를 담거나 국화를 말
려 베갯속으로 삼아 향기를 즐기면서 머리와 눈이 시원해지길
바란다. 꽃 자체가 수수하고 소박한 아름다움을 지니고 있고 상
징적 의미도 좋으며 약용 성분도 있어서 예부터 우리와 매우 친
숙했다. 기록에 따르면 꽃으로 떡을 쪄 먹기도 하고 전을 부쳐
먹기도 하며, 국화 싹으로는 죽을 쑤기도 하고 잎을 찌개나 매운
탕을 끓일 때 넣기도 하며 여린 잎으로는 나물을 만들기도 하는
등 다양하게 조리해 먹었다 한다. 정말 대장금의 후예답지 않은
가. 그중에서 국화전은 내게도 친숙하다. 봄에 진달래로 화전을

부쳐 먹는 풍습이 여전히 남아 있어서인지 국화전이 생경하지는 않았다. 비록 근래에는 잘 해 먹지 않는 음식이지만 국화전에 관한 시가 있다니 흥미로웠다.

이 시를 쓴 최영년은 서리 출신의 가난한 풍류객이었다고 한다. 그는 자신이 직간접으로 접한 양반 상류층 문화를 기록해 《해동죽지(海東竹枝)》라는 책으로 엮어내었다. 이 책은 칠언절구 시를 사용해 민속놀이, 음식, 풍속 습관, 의복, 민간신앙 등을 묘사하고 있어서 근대 이전 우리나라 고유의 풍속과 문화를 알 수 있는 중요한 사료다. 국화전은 경성의 가을 풍속 중 하나로 소개되어 있다. 시 앞에는 이 시를 짓게 된 동기가 다음과 같이 덧붙여져 있다. "김서농(金西農)의 산장에서 시연(詩宴)을 베풀 때마다 국화잎과 꽃으로 전을 부쳤는데 향기와 색깔이 뛰어나게 좋아 경성(京城) 제일의 전이었다." 김서농의 댁에서 글벗들을 불러 시를 주제로 연회를 여는데 그때 내놓은 국화전이 향기롭기도 하고 보기 좋아 깊은 인상을 받았던 모양이다.

이 집에서는 도연명(陶淵明)처럼 동쪽 울타리에서 향기로운 국화를 따서 술안주로 국화전을 대접한다고 하였다. 도연명의 시구를 인용한 것은 손님들이 시에 해박한 사람들이라 으레 국화 하면 도연명을 떠올릴 만큼의 식견이 있어서이기도 하지만 연회를 베푼 김서농을 도연명 급으로 은근히 치켜세운 뜻도 있다. 이 꽃을 먹을 자격이 있는 사람은 역시 글 친구다. 이익을 다투거나 권세에 혈안이 된 사람이 아니라 글을 읽으며 자기를 성찰하고 맑은 성정을 가진 사람들에게 어울리는 것이다. 아니나 다를까, 국화전을 먹고 나니 뭐가 달라도 다르다. 가을이 가져온 향기를 한껏 들이마셔 배 속에 쌓였던 비린내가 다 가신 듯하다고 하였다. 고고한 국화는 속세의 지저분하고 상스러운 때를 씻어내고 맑고 은은한 향기를 풍기게 한다는 것이다.

사실 화전이란 맛보다는 꽃잎을 먹는다는 정취나 분위기로 먹는 음식이다. 만드는 법은 간단하다. 찹쌀가루를 익반죽하여 동그랗게 만들어 꽃잎을 붙인 후 기름에 지져 내는 것이다. 아이들이 어려서 유치원에서 화전을 만들어 가져왔던 것이 생각난다. 만드는 것 자체가 즐거운 놀이고 맛도 좋아 자기들끼리만 먹어도 모자랄 판에 엄마에게 보여 주려고 몇 개 가져오니 젊은 엄마는 감격하였다. 아름다운 전통을 계속 이어갈 수 있도록 나라도 계속 집에서 만들어 주었다면 꽃을 따서 먹는다는 이 특별한 감성을 자연스럽게 받아들일 수 있었을 텐데 그러지 못했다. 이제 청년이 되어 버린 애들이 화전을 기억이나 할까. 특히 국화전은 중양절 절식으로 많이 먹었는데, 1970년대 이후 우리나라에서 중양절을 쇠지 않게 되면서 거의 자취를 감추었다고 한다.

중국 남방의 도시 수저우(蘇州)에 갔을 때 계화(桂花)를 어찌나 잘 응용하는지 놀란 적이 있다. 계화는 우리에게 목서꽃이란 이름으로 알려진 아주 작고 향기로운 꽃이다. 그들은 이 작은 꽃을 말려서 차로 우려 마시고 떡으로도 쪄 먹으며 여기저기 뿌려 먹기도 하고 아예 계화청을 만들어 홍차나 커피 같은 음료나 온 갖 디저트에 넣어 먹고 있어서 이 꽃에 관한 의미와 이야기가 풍부해 보였다. 이런 문화적 배경을 가진 이들이니 당나라 시인 왕유(王維)의 "인적 없는 곳에 계화가 지는데 밤은 고요하고 봄산은 텅 비었구나."라는 시구가 주는 향기와 분위기를 쉽게 받아들일 수 있으리라.

나는 사라진 국화전 문화가 다시 유행했으면 좋겠다. 가을이면 국화전을 부쳐 여기저기 선물하기도 하고, 친구와 나누어 먹으며 고상한 이야기를 하면서 뱃속의 비린내가 다 가신 느낌이 어떤 것인지 느껴 보는 것도 좋을 것 같다. 유치원이나 학교에서도 국화전을 부치고 국화차를 마시며 계절에 맞는 시나 노래를 배우면서 우리의 옛 문화에 대해 얘기해 보는 것도 좋지 않겠는가. 그래서 옛 선조들이 누렸던 그 즐거움을 우리도 같이 누렸으면 좋겠다.

고향 음식

장안의 늦가을

조하 趙嘏 (당)

새벽녘 쓸쓸하고 서늘한 구름이 떠 가는데
한나라 궁궐에는 가을이 깊어라.
드문드문한 별 아래 기러기는 변방에서 날아오고
한 줄기 긴 피리 소리에 누각에 기대누나.
울타리 곁 반쯤 핀 자줏빛 국화는 고요하고
물가에 붉은 옷 벗어버린 연꽃은 수심에 잠겼는데
농어가 한창 맛 좋을 때이나 돌아가지 못한 채

공연히 여기에 붙잡혀 초나라 죄수 흉내만 내고 있네.

長安晚秋   장안만추

雲物凄涼拂曙流,   운물처량불서류

漢家宮闕動高秋.   한가궁궐동고추

殘星幾點雁橫塞,   잔성기점안횡새

長笛一聲人倚樓.   장적일성인의루

紫豔半開籬菊靜,   자염반개리국정

紅衣落盡渚蓮愁.   홍의락진저련수

鱸魚正美不歸去,   노어정미불귀거

空戴南冠學楚囚.   공대남관학초수

일본 소설가 나쓰메 소세키(夏目漱石)의 소설 《산시로》의 주인공은 구마모토 시골에서 도쿄로 진학한 학생이다. 낯설고 근대적인 도쿄와 세련된 도쿄 사람들을 만나며 주눅이 들고 혼란한 나날을 보내던 중 고향에서 보내온 음식을 보고 반색하는 장면이 나온다. '오랜만에 고향 냄새를 맡는 것 같아 기쁘다'며 먹는 모습은 객지 생활을 해본 사람이라면 누구나 공감할 것이다. '객지 생활 삼 년에 골이 빈다'는 속담이 빈말이 아닌 것이 산 설고 물 선 곳에서는 환대를 받아도 어쩐지 불편하고 무얼 먹어도 살로 가는 것 같지가 않다. 고향에서 받던 사랑과 정성이 빠져서

일 것이다.

　이 시를 쓴 조하는 산양(山陽), 지금의 강소성 사람이다. 양자강 이남에서 수도 장안(長安, 지금의 섬서성 서안(西安))까지 와서 과거시험을 준비하고 있다. 스물일곱 살에 진사과에 응시했으나 낙방한 후 장안에 머물며 수험생활을 이어 가고 있는 중이다. 과거급제는 공부만 한다고 되는 것이 아니었다. 권세가나 명망 있는 사람의 추천이 중요하기 때문에 든든한 배경이 없는 유학생은 막막했을 것이다. 요즘도 지방 학생이 서울에서 유학하는 것이 여러모로 쉽지 않은데, 당나라 때는 어떠했겠는가. 조하는 과거시험에서 계속 낙방하고 있어서 실력도 자신 없었고 사회생활이나 사교도 여전히 어려워서 낙담하고 있었다. 그렇다고 시험을 그만두고 고향으로 돌아갈 수도 없는 처지다. 시인은 답답함에 잠도 이루지 못하고 뜬 눈으로 새벽을 맞고 있다.

　장안은 어느새 가을이 성큼 다가와 아침저녁으로 서늘하다. 가을이 깊어가는 수도의 궁궐은 웅장하고 아름다울 테지만 시인에게는 착잡하고 가슴 시리는 장면일 뿐이다. 변방에서 날아와 남쪽으로 날아가는 기러기를 보며 고향을 두고도 갈 수 없는 신세임을 실감한다. 그저 처량한 피리 소리를 들으며 홀로 누각에 기댄다. 시인은 시선을 아래로 돌린다. 울타리 옆 고운 자색 국화는 수줍은 듯 고요하고 여름 내내 붉고 선명했던 연꽃은 시들어 수심에 잠긴 듯하다. 반만 핀 국화는 아직 실력을 인정받지 못한 자신을, 시들어 꽃잎이 떨어진 연꽃은 때가 지나 이제 다시 기회가 없을 것 같은 자신을 보는 듯해 마음이 더욱 내려앉는다. 다 그만두고 고향으로 돌아갈까 몇 번이나 생각했으리라.

시인의 고향은 남쪽이라 장안(長安)보다 따뜻할 것이다. 기온만 온화하겠는가. 외롭고 쓸쓸한 그를 포근하게 보듬어 줄 것 천지다. 그중 지금 제일 아쉬운 것은 딱 맛 좋을 농어다. 시인은 자신과 동향 사람인 장한의 고사를 떠올린다. 그는 가을바람이 불자 고향의 별미인 농어회와 순채국이 그립다며 벼슬을 그만두고 돌아갔는데, 시인은 그 마음에 공감한다. 타지에서 오래 살았는데도 왜 입맛은 변하지 않고 고향 음식은 늘 그리움의 대상일까. 그것이 아니면 무엇을 먹어도 채워지지 않는 허기와 헛헛함이 있다. 나이가 들고 몸이 아플수록 늘 먹었던 것, 늘 가까이했던 사람, 늘 갔던 곳을 더 찾게 된다. 시인은 농어 이야기를 하고 있지만 결국은 고향과 가족과 친지에 대한 그리움을 토로한 것이다. 지금 돌아갈 수 없는 처지라 하며 남관을 쓴 죄수인 종의처럼 멀리서 고향을 그리워만 할 뿐이라며 맺었다.

나는 평소에 한식보다는 양식을 좋아하는데 외국에 나가서야 나의 입맛은 철저한 한식파라는 것을 깨달았다. 아무리 영양 좋고 비싼 음식을 먹어도 먹은 것 같지가 않았고 사흘만 지나도 질려서 더 이상 먹기 어려웠다. 게다가 그 음식을 먹으면 어쩐지 기운도 없어 당최 힘을 쓸 수가 없었다. 타국에서 겪는 외로움과

설움을 달래준 것은 매주 교회에서 먹는 비빔밥이었다. 평일 내
내 외국인 틈에서 눈치 보며 쭈그려 살다가 고추장에 나물을 썩
썩 비벼 한 그릇을 먹고 나면 배짱도 생기고 다시 살만해졌다.
말 그대로 영혼의 양식이었다. 이 비빔밥은 아무리 먹어도 질리
지 않았는데, 그것은 맛도 맛이지만 그 음식에 위로와 사랑이라
는 따뜻함이 버무려져 있어서였을 것이다. 교민들은 말하지 않
아도 이심전심으로 공감하는 것이 있어서 스텐 대접에 숟가락
하나를 꽂아 주더라도 그 안에는 우리 힘내서 잘해 보자는 격려
가 느껴졌다. 장한과 조하가 타지에서 정성스런 고향 음식을 먹
을 수 있었다면 그렇게까지 외롭거나 무력하지 않았을 것이고
당연히 이런 시를 쓸 필요가 없지 않았을까.

　시인이 마음 놓고 고향의 농어회를 먹기까지는 이로부터 한참
을 더 기다려야 했다. 겨우 30대 말에 과거시험에 급제하여서 그
제야 마음 편히 고향 음식을 먹을 수 있었을 것이다. 그러나 아
쉽게도 10년도 못 돼 죽고 만다. '먹고 싶은 것이나 실컷 먹고 갈
것이지…'라는 안쓰러운 마음이 들지만, 내 아들을 비롯해 젊은
이들 모두가 먹고 싶은 것, 하고 싶은 것을 저당 잡힌 채 미래를
위해 애쓰고 있지 않은가. 이렇게 애쓰고 있는 제2, 제3의 조하
를 위해 나도 따수운 고향 음식 같은 것을 내어 줄 수 있는 사람
이 되었으면 좋겠다. 그들이 그것을 먹고 어려운 시기를 잘 버텨
내면 내가 그간 공짜로 먹은 비빔밥 값은 할 수 있지 않을까.

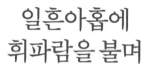

일흔아홉에
휘파람을 불며

칠월 십칠일 밤 새벽에 일어나 아침까지 이르다

육유 陸游 (송)

가을 경치 물처럼 맑을 제

어젯밤에 물의 도시에 왔네.

은거하고 싶었지만 세상사는 늘 어긋나기만 하였고

꽃다운 시절 지나고 이제는 보잘것없는 처지가 되고 말았네.

책 속에는 참으로 여러 맛이 있는 반면

몸 밖으로는 모두 헛된 명성뿐이라.

벽에 기대어 맑게 휘파람 불다 보니

누추한 창밖으로 아침이 밝아오네.

七月十七夜五更起坐至旦　　칠월십칠야오경기좌지단

秋容淡如水,　추용담여수

昨暮到江城.　작모도강성

世事違高枕,　세사위고침

年華入短檠.　연화입단경

書中固多味,　서중고다미

身外盡浮名.　신외진부명

倚壁方淸嘯,　의벽방청소

蓬窓已送明.　봉창이송명

　추석을 한 달쯤 앞둔 초가을, 시인은 지난밤에 물의 도시로 왔다. 이곳은 그의 고향인 산음(山陰, 지금의 절강성 소흥(紹興))이다. 몇 년 전 가 본 소흥은 집 사이로 물길이 나 있고 다리가 길을 연결해 주며 조그만 배들이 대문 앞까지 오가는 곳이었다. 가을이 물처럼 맑다고 표현한 것은 어려서부터 물과 함께 산 시인만이 느끼는 독특한 감각이리라. 이런 익숙하고 푸근한 고향으로 돌아왔는데 시인은 이른 새벽부터 깨어 상념에 젖어 있다.

　남송 조정은 금나라와 대치하며 잠시 소강상태를 유지하고 있었다. 육유는 어려서부터 나라에 대한 사랑이 깊었고 피난을 겪으며 국가가 힘이 없으면 어떤 일을 겪게 되는지 분명히 알았다. 그는 과격한 항전주의자이면서 강한 기질의 소유자라 늘 주화파의 표적이 되었다. 육유는 여러 번 과거 시험에 낙방했다가 현직 관리가 응시하는 시험인 쇄청시(鎖廳試)에 급제한 적이 있었다. 주화파의 거두인 재상 진회(秦檜)의 방해로 결국 관직에 임명되지 못했고 한동안 고향에서 시간을 보내야 했다. 진회가 죽고 나서야 육유는 정계에 복귀할 수 있었지만 번번이 주화파에게 밀렸으므로 그들에 대한 경멸은 뿌리 깊었다. 육유는 이런저런 이유로 면직과 복직을 거듭하였고 지방을 전전한 세월이 길었다. 고요하고 마음 편히 살고 싶었으나 세상사가 어디 내 뜻대로 되던가. 결국 관직에서 쫓겨나 고향으로 돌아올 수밖에 없었다.

고향에 돌아온 시인은 초라하고 노쇠해 있다. 돌이켜 생각하니 그간 추구했던 것은 모두 헛된 것이었다. "줄곧 떠돌며 벼슬살이하느라 먼지투성이 속에서 반평생을 보냈도다."라고 한 적이 있는데 지나간 세월에 대한 후회가 짙게 배어 있다. 이제 와 생각하니 자신도 먼지 구덩이 속에서 함께 뒹굴었다는 것을 깨닫게 된다. 뜬구름 같은 인생에서 헛된 명분과 명성을 좇았으니 남은 것은 상처와 피로뿐이다.

그에게 필요한 것은 휴식과 위로였다. 고향의 산천이 그에게 평안을 주었다면 위로는 평생 함께했던 책에서 얻을 수 있었다. 본래 시인의 집안은 서권향(書卷香) 가득한 곳이었다. 조부와 부친이 모두 유명한 문학가였고, 대단한 장서를 갖추고 있어서 시인은 어려서부터 많은 종류의 책을 쉽게 접할 수 있었고 독서는 그의 변하지 않는 취미였다. 고향으로 돌아와서는 "책을 펼치면 평생의 벗을 만난 듯 기쁘다"며 더더욱 독서에 몰입하였다. 책 속의 수많은 이야기와 인물을 보며 현재의 고통을 잊고 자신의 삶도 돌아보며 살아낼 힘을 얻었던 것 같다.

독서와 삶에 관한 문제를 생각할 때면 떠오르는 인물이 있다. 나는 박사과정 때 아이를 낳아 아이를 돌봐줄 도우미 아주머니를 쓴 적이 있다. 아주머니는 집을 한 바퀴 둘러보고는 내가 어떤 사람인지 바로 파악하였다. 자신의 집을 어떤 작가에게서 산 이야기를 들려주기도 하고 내 전공에도 관심을 보이더니 간간이 책을 빌려 갔다. "우리 집 일도 봐주고 아주머니 살림도 하시는데 언제 책을 보세요?"라고 묻자 "조금씩 짬짬이 봐. 책이 잘 안 읽히지만 천천히 읽어도 되니까 반복해서 읽는 거지. 나도 내 마음을 잘 표현하기 어려운데 가끔 내 속을 들어갔다 나왔나 할 정도로 잘 표현한 것을 보면 놀라워. 그 맛에 읽나 봐."라 대답하셨다. 문학은 말할 수 없는 것을 말해 보려는 데서 시작되는 것임을 아주머니는 잘 알고 있었다. 남들의 얘기 속에는 외면하고 싶은 고통이나 불안 같은 것이 낱낱이 드러나 있어서 책은 종이에 박제된 세상이 아니라 바로 생생한 삶이라는 것도 아주머니는 이해하고 있었다. 문학 공부는 내가 하고 있지만 아주머니는 이미 몸으로 문학을 읽고 있었던 것이다.

세상이 자신을 배반하였지만 책은 늘 즐거움과 믿음의 대상이었던 육유처럼 도우미 아주머니도 책의 가치를 아는 것 같았다. "애기엄마가 이런 어려운 걸 공부한다니 대견해. 내가 애기 봐주고 밥도 해줄 테니 열심히 해 봐."라는 말은 나에게 어떤 대단한 현인의 경구나 어떤 위대한 시인의 시구보다도 아름다운 위로였다. 아주머니는 책 안에서 수많은 인생을 만나면서 자신의 잃어버린 꿈이 생각나 애쓰는 젊은 엄마에게 힘을 주고 싶었던 것 같다. 고단한 인생에서 무엇이 소중한지를 아는 분이 건넨 말 한마디가 나에게는 잊지 못할 장면으로 남아 있다.

시인도 가지가지 인생이 깃든 책을 보며 자신을 옥죄던 것에서 자유로워질 수 있었다. 그러면 마음의 여유가 생긴다. 시인은 가벼워진 마음에 벽에 기대어 휘파람을 불며 여명이 밝아오는 것을 바라보며 맺는다. 이 시를 썼을 당시 시인은 일흔아홉 살이었다. 인생에 대한 회한이 적지 않았는데 독서를 통해 그것을 가볍게 받아들이는 과정이 솔직하게 드러나 있어 잔잔한 희열을 준다.

5장

—

세월이 나는 새처럼
지나간다는 것을 알기에

따뜻함을 기다리는 시들

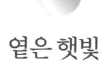

옅은 햇빛

모진 추위

양만리 楊萬里 (송)

불볕더위엔 눈을 뒤집어쓰는 것을 늘 생각하지만
모진 추위엔 버드나무에 봄 돌아오길 바라게 되네.
저녁 되어 비낀 햇살이 많이 따뜻하진 않지만
서쪽 창에 비쳐 들면 역시나 마음 흐뭇하다네.

苦寒   고한

畏暑長思雪繞身,   외서장사설요신

苦寒卻願柳回春.　　고한각원류회춘
晩來斜日無多暖,　　만래사일무다난
映著西窗亦可人.　　영착서창역가인

　계절이나 날씨에 유독 영향을 많이 받는다 생각될 때 난 스스
로가 참 유약하고 시시하다고 느낀다. 시간이 지나면 으레 계절
이 바뀔 것이고 그때가 되면 또 나름대로 힘든 점도 있을 텐데
'너무 더워', '너무 추워 못 살겠네'라며 짜증과 조바심을 내고 있
으니 내가 봐도 한심하다. 이것이 나만의 일이 아닌 것이 양만리
도 여름엔 더위가 무서울 정도라 눈을 뒤집어쓰는 겨울이 되었
으면 좋겠다고 생각하고 추울 땐 버드나무에 물이 오르는 따뜻
한 봄이 어서 오길 바란다. 인지상정인가.
　혹독한 더위와 모진 추위는 인생의 고난과 시련을 비유한다.
피하고 싶지만 피할 수 없는, 살다 보면 부딪히게 되는 원치 않는
순간들 말이다. 머리로는 이것은 터널에 불과하고 결국 지나갈
것이라며 자신을 다독이지만 사실은 미치고 팔짝 뛸 정도로 막
막할 때가 더 많다. 그런 순간을 견디게 하는 것이 있으니 시인
의 눈에 들어온 말간 겨울 햇살 같은 것이다.
　한겨울의 저녁 햇볕은 다른 계절에 비해 옅고 미지근하지만
그래도 적지 않은 힘을 가지고 있다. 눈과 바람에 꽁꽁 만물도
한 줌 햇빛에 녹기 시작하니까. 더구나 시인은 저녁 무렵 집 안

에 있다. "저녁에 돌아갈 집만 있"어도 행복이라 하지 않았던가. 안온한 집에서 바라보는 저녁 햇볕은 오히려 마음을 흐뭇하게 한다. 송나라 시인 유극장(劉克莊)도 겨울 아침 햇빛을 보고는 "일찍 깨어 환한 창으로 들어오는 아침 햇빛이 사랑스럽네."라 한 적이 있는데, 이렇게 햇볕에서 안온함이나 사랑스러움을 느끼는 것은 고난을 겪고 있는 시인에게 따뜻한 봄날의 그것 이상의 의미가 있기 때문이리라.

인생에서 고난을 걷고 있을 때 가냘픈 햇살을 본 적 있는가. 나는 있다. 병을 앓아 침대에서 꼼짝하기도 어려울 때 누워서 해가 뜨고 지는 장면을 무수히 마음에 담았었다. 또 아버지의 마지막 가는 길을 지켜보며 막막한 마음에 매일 노을 사진을 찍으며 그 시간을 버티기도 했다. 왠지 모르겠지만 이때 나는 옅은 빛에 마음을 빼앗겼는데 강렬한 빛은 내 마음에 들일 여유가 없어서이지 않을까라고 막연히 생각했었다. 내가 사랑하는 미국 소설가 엘리자베스 스트라우트(Elizabeth Strout)의 〈햇빛〉에는 보다더 구체적인 이유가 제시되고 있다.

신디 쿰스는 암 투병 중인 여성이다. 두 아들과 남편은 나름대로 그녀를 염려하고 있지만 신디 눈에는 그들이 탐탁지 않다. 마음이 언짢고 잔뜩 꼬여서 세상에 짜증만 내고 있지만 사실은 무서운 병에 대한 두려움도 크고 사람들의 무관심이나 상처 주는 행동 때문에 위축되어 있는 것이다. 신디는 방에 누워 자신이 사랑하는 2월 햇빛의 특별함에 대해 생각한다. 사람들은 2월의 날씨가 어중간하다고 불평하지만 그때의 빛에는 겨울이 곧 끝나고 점차 낮이 길어지면서 세상을 조금씩 열어 갈 것이라는 약속이 있어서 그 빛을 좋아한다고 생각한다. 그녀는 우연히 만난 올리브와 주위 사람에 대한 서운함, 병과 상실로 겪는 고통과 슬픔을 솔직하게 나누면서 점차 삶과 죽음에 대해 의연한 태도를 가지게 된다. 양만리가 별로 따뜻하진 않지만 서창으로 비치는 겨울 햇빛을 보며 자그마한 희망을 생각하고 흐뭇해한 것처럼, 그들이 아직은 차갑고 희미한 2월의 햇빛을 함께 보며 조용히 삶을 받아들이는 마지막 장면은 감동적이다.

송나라 문호 소식(蘇軾)이 길을 가는 중에 갑자기 비를 맞게되었다. 다른 사람들은 우장도 없이 갑자기 비를 만나 낭패라고 난감해 했지만 그는 "숲속 나뭇잎에 쏟아지는 빗소리 너무 개의치 마오. 노래 흥얼거리며 천천히 간들 어떻겠소"라며 느긋하게 생각하기로 한다. 물론 그라고 이런 상황이 달갑기만 했겠는가. 몸이 젖고 추위에 떨겠지만 불평이 도움이 되지는 않을 것이니 여유 있게 가는 것도 좋을 것이라며 스스로를 독려하고 있는 것이다. 소식도 인생길이 울퉁불퉁 고난이 참 많았다. 그때마다 세상을 비관할 수만은 없지 않나. 천천히 가도 된다는 생각으로 그 시기를 버텼을 것이다. 그러다 산에 석양이 걸리자 "산마루의 석양이 나를 맞이하네"라며 반가워한다. 저무는 해라 희미하고 미지근할 테지만 젖은 몸을 조금이라도 말려 주고 추위에 작은 온기라도 보탤 수 있으므로 위로와 힘이 되는 존재인 것이다.

위의 소설과 소식의 작품은 양만리 시에 대한 독창적인 주석이라 생각한다. 우리는 삶이라는 긴 길에서 덥기도, 춥기도 하고 비바람을 만나기도 한다. 병을 앓기도 하고 가까운 사람을 잃기도 하는 등 갖가지 고난을 겪는다. 그 어려움을 겪는 와중에 우리를 매일 찾아오는 희미한 빛과 같은 존재가 있다는 것을 잊지 않았으면 좋겠다. 때론 덜 따뜻하고 덜 밝아도, 곧 져버릴 수 있어도, 우리를 고요하게 지켜보며 위로할 준비가 되어 있는 그런 존재가 늘 있음을 기억한다면 남루해 보였던 나의 삶이 얼마나 알차고 흐뭇하겠는가.

물의 꽃

눈을 읊다

오징 吳澄 (원)

시간의 수레바퀴 굴러 12월 하고도 한 해가 얼마 남지 않은 때
봄바람이 얼음을 깎아 천단에 뿌리네.
오초 땅의 많은 강은 물이 불었고
진회하 주변 만 리에 뻗은 산은 눈에 눌려 있네.
대나무는 바람결에 너울너울 은빛 봉황이 춤추는 것 같고
소나무는 눈을 이고 있는 것이 싸늘하게 웅크린 옥룡 같구나.
누구일까. 천상에서 피리를 불어

온 세상 가득 구슬 꽃을 떨어트린 이는.

咏雪	영설
臘轉鴻鈞歲已殘,	납전홍균세이잔
東風剪氷下天壇.	동풍전빙하천단
剩添吳楚千江水,	잉첨오초천강수
壓倒秦淮萬里山.	압도진회만리산
風竹婆娑銀鳳舞,	풍죽파사은봉무
雪松偃蹇玉龍寒.	설송언건옥룡한
不知天上誰橫笛,	부지천상수횡적
吹落瓊花滿世間.	취락경화만세간

　　겨울의 가장 큰 매력은 역시 눈이다. 눈송이가 하늘에서 날려 세상을 하얗게 덮는 장면은 늘 봐도 새롭다. 눈이 내린 후 고요하고 깨끗하며 모든 것이 정지된 듯 얼어붙은 풍경은 독특한 정감을 일으킨다. 나는 눈이 '단절'을 연상하게 하고 세상과 불화한 고독한 인간과 매우 잘 어울리기 때문에 예로부터 많은 작가들이 즐겨 다루었다고 생각한다. 번잡스러운 세상과 거리를 두고 싶은 마음, 끓어오르는 욕망을 식히고 덮어버리고 싶은 마음이 이 둘의 결합을 더욱 단단히 하는데, 그것을 잘 나타낸 작품이 당나라 시인 유종원(柳宗元)의 〈강설(江雪)〉이다.

"산에는 새들 날지 않고 길에는 사람 발자취 없는데,

도롱이와 삿갓에 조각배 타고 눈 속에 홀로 낚싯대 드리운 늙은이."

새 한 마리 없는 고요함과 눈 내리는 강의 차갑고 시린 감각, 외로이 낚시질하는 노인의 형상이 한 폭의 수묵화 같다. 눈과 추위라는 역경에도 묵묵히 견디는 고독한 인간이 연상되어 오랜 세월 고독한 독자들에게 공감을 일으켰나 보다. 그런데 나는 눈 내린 강 풍경이 너무나 적막하고 생명이 느껴지지 않아 정이 안 간다. 사람 사는 세상이 어찌 그리 냉혹하고 비정하기만 하던가. 단테가 그린 지옥의 끝은 불구덩이가 아니라 차가운 얼음 호수였다. 인간미 없는 배신자들이 간 지옥은 온기라곤 털끝만큼도 없는 얼음투성이였기에 유종원이 그린 설경은 내게 어쩐지 우울하고 비현실적으로 보인다.

나에게 눈 오는 날은 즐겁고 신나는 날이다. 차가운 눈송이가 떨어지는 것부터 시작해 그것이 쌓여 세상을 하나의 도화지로 만들어 사람들에게 갖가지 즐거운 상상을 하게 하는 재미있는 날인 것이다. 이 시의 작자 오징도 상상의 나래를 펴며 눈을 즐기고 있다. 오징은 진지하고 근엄한 유학자였는데 눈이 그의 근엄을 거둬 내어 천진하고 낭만적인 본모습을 드러내 준 것 아닐까 추측해본다.

한 해의 끝이 얼마 남지 않은 12월 세밑에 눈이 내린다. 시인은 봄바람이 얼음을 깎아 온 세상에 뿌리는 것 같다고 한다. 눈이 많이 내려 강물이 불고 산은 무거운 것을 짊어진 듯 보인다. 시선을 가까이 돌리자 눈 맞은 대나무가 바람결에 흔들리는 모습이 마치 은빛 봉황새가 너울너울 춤을 추는 듯하고 소나무에 눈이 덮인 모습은 백옥으로 된 용이 웅크리고 있는 것 같다. 단순한 설경이 아니라 움직임과 멈춤의 조화가 아름답고 자연이 자연스레 변화하는 모습이 생생하다. 어느 해 눈 내리는 겨울 바다에 가 본 적이 있다. 함박눈이 출렁대는 파도 위로 한없이 떨어지고 있었다. 파도도 치고 눈도 내리지만 나에게 그 장면은 정지된 사진으로 남아 있다. 대신 그 옆으로 나의 아이들이 눈싸움을 하고 눈사람을 만든다며 한시도 쉬지 않고 강아지같이 폴짝폴짝 뛰어다녀서 나의 설경도 정(靜)과 동(動)이 함께 엉켜서 생명력과 인간미를 뿜어내고 있었다.

시인은 이런 장면은 누가 만들어 낸 것일까 궁금하다. 천상에서 어떤 존재가, 어떤 신선이 피리를 불어 구슬 꽃 같은 눈송이를 하늘하늘 내리게 한 것일까, 그 솜씨와 감각이 정말로 대단하다며 감탄하고 있다. 앞에서 눈은 봄바람이 얼음을 자른 것이라 하였는데, 시가 진행되면서 그 아름다움에 흠뻑 빠졌는지 이건 단순히 자연현상이 아니라 신선의 조화로 느껴진다고 하였다. 당나라 시인인 육창(陸暢)도 이미 "하늘 신선 어찌 이리 솜씨가 좋은지, 물을 잘라 꽃 만들어 펄펄 날리네."라 했고, 우리나라 동요에도 "하늘나라 선녀님들이 송이송이 하얀 솜을 자꾸자꾸 뿌려 줍니다"라 하지 않았던가. 눈 내리는 장면을 마법과 같이 신비롭고 특별하게 보아 주는 시인의 따뜻한 시선 때문에 시가 더욱 아름답고 생생하다.

눈이 주는 마법이라 하니 내가 병중에 썼던 일기가 생각난다. 우울하기 쉬운 때여서 재밌고 즐겁고 감사한 것을 찾아 그림일기 비슷한 것을 써야겠다고 결심했다. 하루하루 살아내는 게 힘들면서도 그 가운데 무엇이 나를 빛나게 할까 찾는 것은 즐거운 일이었고 그리고 쓰는 시간만큼은 고통을 잊을 수 있었다. 수십 장을 그린 후 마지막으로 첫눈 오는 장면을 그리며 마쳤다. 기다렸던 첫눈이 펑펑 내리자 나는 곧 아름다운 설경이 펼쳐질 것을 상상하였다. 머지않은 장래에 밖으로 나가 저 눈밭을 걸을 수 있는 마법과 같은 시간이 오길 희망했던 것 같다. 병상 일기를 마친 것은 긴 치료가 끝났다는 의미여서 나에겐 희망이요, 또 다른 시작이었다. 그때부터 내 사전에 눈은 생명, 가능성, 꿈이라는 이미지가 추가되었다.

일본 소설가 가와바타 야스나리의 소설 《설국》에는 고독한 허무주의자 시마무라가 나오는데, 그는 아름다운 것을 천착하면서도 일상을 부유하듯 살아간다. 만약 그가 눈을 보고 신기해하고 희망을 운운하는 나와 오징을 본다면 '헛수고'라고 냉소할지 모르겠다. 그러나 그런 그도 현실에 발을 딛고 열정을 다해 살아가는 볼 빨간 여인 고마코에 감동하지 않았던가. 어떤 장면이든 그 배경이 아름답게 완성되려면 그 안에 있는 인간의 따뜻한 마음과 생기가 필요하다. 인간미 없이 냉랭하기만 한 설경은 난 사양하고 싶다. 나는 설렘과 희망이라는 펜으로 생명의 기운이 넘치고 인간적으로 묘사한 그런 눈의 나라를 원하는 것이다.

쿵 하고
떨어지는 꽃

동백꽃

관휴 貫休 (당)

바람이 마름하고 해가 물들여 신선의 동산에 피웠는데

모든 꽃 다 스러졌지만 핏빛 꽃만이 달랐네.

오늘 아침 계단 앞에 떨어진 한 송이에

보는 이마다 손수를 원망하리라.

山茶花　　　　　　산다화

風裁日染開仙囿,　　풍재일염개선유

百花色死猩血謬.　　백화색사성혈류

今朝一朵墮階前,　　금조일타타계전

應有看人怨孫秀.　　응유간인원손수

동백꽃과 매화는 둘 다 겨울에 피지만 두 꽃에 대한 시인들의 태도는 매우 다르다. 동백꽃은 크기가 크고 색이 강렬해서 은은하고 고상한 멋을 더 선호하는 시인들에게는 아무래도 덜 매력적이었나 보다. 나는 꽃의 생김새 차이도 있지만 동백꽃이 지는 모습이 충격적이라 시로 담기 버겁지 않았나 추측한다.

우리 집 앞 화단에는 잘생긴 동백나무가 있었다. 겨울마다 고운 동백꽃을 풍성하게 피워 내어 내가 참 좋아했는데 꽃이 떨어지면 그렇게도 아쉬웠다. 별 상처도 없이 멀쩡한 꽃이 통째로 떨어져 바닥에 흩어져 있는 모습은 딱하기도 하고 어쩐지 불쾌하기도 해 난 얼른 주워 집에 가지고 들어가 수반에 두고 마지막 가는 길을 천천히 봐주었다. 어려서는 이런 종말도 꽤 괜찮다고 여겼지만 이제는 싫다. 질 때도 곱고 품위 있게 하나하나 떨어뜨리고 비워 내며 떠났으면 좋겠다는 바람이 생긴 것이다.

이 시의 작자인 관휴는 동백꽃의 처연하면서도 섬세한 아름다움에 주목한다. 바람이 재단하고 해가 염색하여 다른 어디도 아닌 신선의 동산에서 피우게 했다고 하여 범상한 존재가 아님을 드러냈다. 찬바람 불면 모든 화초가 시들기 마련인데 오직 '핏빛

꽃'은 다르다고 하였다. 붉은 동백을 핏빛으로 묘사한 것은 시인이 이 꽃에서 아찔하고 치명적인 아름다움을 보았기 때문이다.

시인이 방을 나서자 계단에 꽃송이가 떨어져 있다. 동백꽃은 꽃잎 하나하나가 떨어지지 않고 꽃잎이 붙은 채 한 송이씩 뭉텅이로 툭 하는 소리를 내며 땅에 떨어진다. 우리나라 시인 손택수는 이를 두고 "멀리 꽃향기를 날리는 대신 다리에 쇳덩이 추를 달고 떨어지는 독한 것"이라며 그 소리가 "땅땅 쇠종 소리" 같다고 한 적이 있다. 동백꽃이 독한 것이라 스러질 때도 그 존재감이 분명하다는 것을 표현한 것이리라. 떨어지는 소리만큼 그 모습 또한 인상적이다. 일본 소설가 나쓰메 소세키는 이를 두고 꽃이 '단단히 뭉친 채 가지를 떠나'는 것이라 표현했다.

관휴는 그런 모습에서 투신자살한 녹주를 떠올린다. 중국의 최고 부자로 꼽히는 석숭에게는 애첩 녹주가 있었는데, 당시 실력자였던 손수가 녹주를 탐한다. 석숭이 선선히 녹주를 넘기지 않자 손수는 그를 무고하였고 석숭은 체포 직전 녹주를 원망하는 일성을 남긴다. 두 사내 가운데 어찌할 수 없었던 녹주는 결국 투신으로 삶을 마감한다. 시인은 누구나 땅에 떨어진 동백꽃을 보면 비운의 녹주를 연상할 것이며 탐욕스러웠던 손수를 원망하게 될 것이라 하였다. 시인은 꽃이 지는 데서 오는 아쉬움뿐 아니라 녹주가 품었던 원망과 억울함, 통곡과 한숨까지도 읽어내었던 것이다.

나는 이 시를 읽을 때마다 소세키의 소설 《풀베개》의 동백 묘사 대목이 생각난다. 화자인 '나'는 화공으로 그리고 싶은 주제를 찾아 여행 중이다. 어느 날 언덕을 오르다 동백이 지는 모습을 보고 음침하고 괴이한 '요녀' 같다고 생각한다. 동백꽃은 한번 보면 마력에서 벗어날 수 없다고 하면서 "그 빛깔은 단순한 빨강이 아니다. 도륙된 죄수의 피가 저절로 사람의 눈을 끌어 스스로 사람의 마음을 불쾌하게 하는 듯한, 일종의 이상한 빨강이다. (…) 하나의 커다란 꽃이 피를 칠한 도깨비불처럼 떨어진다."고 묘사하였다. '나'는 이혼 후 집에 와있는 나미에게 동백꽃의 이미지를 본 후 밀레이(Millais)가 그린 〈오필리아(Ophelia)〉처럼 물에 떨어진 동백꽃의 감성을 살려 그녀를 그려야겠다고 마음먹는다. 나는 소세키의 이 동백 묘사와 섬세한 아름다움에 대한 천착은 관휴의 시에 대한 오마주 같은 것이 아닐까 하는 근거 없는 상상을 하곤 한다.

동백꽃의 추락 이미지는 늘 '쿵!' 하는 소리를 동반한다. 작가 정혜윤은 차 안에서 책을 읽는데 쿵 하고 지붕을 치는 소리가 나서 의아해서 나가 보니 목련이 차 지붕 위로 떨어진 것이었다고 했다. 그때 읽었던 책이 《한여름 밤의 꿈》이었는데, 그 후에 이 책을 펼칠 때마다 목련이 지는 그 소리가 들리는 것 같다 하였다. 나는 이 시를 읽을 때마다 동백을 이렇게도 볼 수 있구나 하는 놀라움에 가슴이 쿵 하며 내려앉았던 것과 그때 마침 창으로 붉게 노을이 졌던 장면이 생각난다. 그리고 역으로 붉은 노을을 보면 '쿵!' 하는 소리와 함께 동백꽃 시와 소세키가 묘사한 물에 떨어진 '요녀' 동백이 생각난다. 아르헨티나의 작가 보르헤스가 "시란 느끼는 것"이라 하면서 "느끼지 못한다면 그 시인은 당신을 위해 그 작품을 쓴 것이 아니다"라고 하였는데, 이 짧은 시를 읽고도 이렇게 다양한 것이 떠오르고 느껴지니 관휴 스님이 쓴 동백꽃 시는 나를 위함이었던가.

태양이
침묵하는 숲

동짓날 밤에

백거이 白居易 (당)

늙어가면서 가슴 속이 늘 휑한 듯하고

병이 든 후론 수염과 머리가 점점 더욱 하얘지더니,

재와 같이 식어버린 마음은 더 이상 화롯불 같지 않고

머리에 내린 눈은 섬돌 아래 쌓인 서리보다 많아졌네.

이곳 삼협의 남빈성은 세상에서 가장 먼 곳이고

일 년 중의 동짓날은 한 해 중에 밤이 유독 긴 날인데,

오늘 밤에야 방 안이 차갑다 느끼고는

겨울옷을 찾아 아내에게 손질을 부탁하네.

冬至夜　　　　동지야

老去襟懷常濩落,　노거금회상확락

病來鬚鬢轉蒼浪.　병래수빈전창랑

心灰不及爐中火,　심회불급로중화

鬢雪多於砌下霜.　빈설다어체하상

三峽南賓城最遠,　삼협남빈성최원

一年冬至夜偏長.　일년동지야편장

今宵始覺房櫳冷,　금소시각방롱랭

坐索寒衣托孟光.　좌색한의탁맹광

　단테의 《신곡》은 인생의 고비에서 길을 잃은 '나'가 불안과 두려움에 떠는 장면으로 시작한다. "태양이 침묵하는" 어두운 숲에서 겁을 먹고 헤매는 장면은 살만큼 산 중년에도 여전히 갈피를 잡기 어렵고 해답이 모호한 수많은 순간이 있음을 떠올리게 한다. 어두운 숲이 그 막막함을 공간적으로 표현한 것이라면 동지는 시간적으로 표현한 것이다. 동지는 천지에 음의 기운이 정점을 찍어 밤이 가장 길며 추위가 맹위를 떨치는 때라 그때 겪는 고통은 특별히 크고 길다.

　여기 "제 그림자를 보고도 놀라는" 단테처럼 잔뜩 풀이 죽은 가련한 시인이 있다. 마흔여덟 살 백거이는 한 해 전에 강주사마(江州司馬)로 좌천되어 일생일대의 큰 충격을 겪었는데, 얼마 되지 않아 더 먼 지방인 충주자사(忠州刺史)로 발령이 났으니 망연자실했을 것이다. 게다 어둠이 가장 긴 동지를 맞이하니 온갖 상념에 사로잡혀 마음이 무겁다.

시인은 좌천된 이후 날이 갈수록 실의에 빠져 가슴이 뻥 뚫린 듯 휑하였고 병까지 얻는다. 마음도 몸도 지치고 쇠약해져 수염과 머리카락이 부쩍 희어졌다. 무엇을 하고 싶지도 않고 할 수도 없을 것 같은 무력감에 빠져 있다. 마음은 차가운 재와 같아 더 이상의 열정이나 의욕을 기대하기 어렵게 되었고 희망 따위는 논할 자격도 없는 듯하다.

병들고 무력하며 상처 입고 나이 든 사내가 동지를 맞았다. 시인이 있는 곳은 세상에서 가장 멀고 가장 외진 곳인데, 오늘은 한 해 중 밤이 가장 긴 어둠의 날이다. 어쩌면 이렇게 암담한가 싶었는데 문득 동지의 의미를 깨닫는다. 동지는 음기가 극성한 때이기도 하지만 물극필반(物極必反)의 이치에 따라 양기가 새로 생겨나는 때이기도 하여 끝보다는 시작의 의미가 크다. 중국 주나라는 이날에 생명과 광명이 부활한다고 여겨 설로 삼았고 우리나라도 동지를 어둠이 끝나고 태양이 부활한다는 것에 더 큰 의미를 두어 설 다음가는 작은 설로 지냈다. 서양의 성탄절도 페르시아의 동지 축제일을 기념한 것이라 하니, 동서고금을 막론

하고 이날은 빛과 생명의 시작을 축하하는 날인 것이다.

독일에 살았던 친구가 동지라면 깜깜하고 추운 크리스마스 마켓이 떠오른다고 했다. 햇빛이 귀한 나라라 해가 길어지기 시작하는 동지를 기다렸다가 마켓을 여는데, 너무 추워서 엉덩이가 얼어붙을 정도지만 봄을 기다리는 마음이 있기에 서로를 의지하고 온기를 나누며 그때를 견딘다는 이야기를 들려주었다. 나는 이 말을 듣고 백거이가 왜 혼미함에서 깨어나 현실을 인식하게 되었는지 어렴풋이 알 것 같았다. 그것은 아내 때문 아니었을까.

시인은 좌천에 대한 충격으로 자기 연민에 빠져 다른 사람을 돌아볼 겨를이 없었다. 남 생각은커녕 추위도 못 느낄 정도로 자기를 내팽개쳐 두고 있었다. 그런데 시인을 믿고 이 먼 곳까지 따라온 아내가 있다는 것에 생각이 미쳤다. 아마도 그녀는 동지에 보신할 만한 무엇인가를 장만한다고 분주했을 것이다. 상처에 매몰되어 있다가 자기를 바라보는 맹광 같은 아내를 떠올리고는 아무리 밤이 길다 한들 아내와 가족과 함께 온기를 나누다 보면 그 어둠이 끝나리라는 것을 깨닫게 된 게 아닐까. 그제야 시인은 현실을 자각하고 방이 차다 느끼며 아내에게 겨울옷을 부탁하는 것으로 맺는다. 그 옷을 입고 이 시기를 견디면 봄은 오고 말 것이라며 자신을 격려했으리라.

상처 입은 사람은 다른 사람을 생각할 때 회복력이 매우 강해진다고 한다. 내가 입원하고 있을 때가 생각난다. 나는 늘 6인실을 선호했는데 환자, 보호자들이 서로 생각하는 정겨운 분위기가 좋아서였다. 모르는 사람이면 병실 분위기가 침울할 것이라 생각하겠지만 말 그대로 동병상련의 마음이 있었다. 본인도 환자이지만 다른 환자가 혹여 못 먹는지, 아파하는지, 추워하는지 등등을 살펴 그때그때 도움을 주었다. 도움을 줄 수 있을 때 그 환자 얼굴은 얼마나 밝던지! 나는 보기만 해도 마음이 따뜻해져 그때마다 회복으로 한 걸음씩 다가서는 것 같았다. 그러니 내가 아내 때문에 시인이 심신을 회복했다고 한 것이 그렇게 억지스러운 추측은 아닐 것이다.

나는 시인이 아내를 맹광이라 부른 것도 회복의 실마리가 된다고 생각한다. 맹광은 남편을 공경하여 밥상을 자신의 눈썹 위치까지 들었다는 '거안제미(擧案齊眉)' 성어의 주인공이다. 현숙한 아내의 아이콘이랄까. 그러나 그녀는 순종만 한 여인이 아니었다. 양홍처럼 덕이 있는 자가 아니면 시집가지 않겠다고 서른이 넘도록 고집을 부릴 줄도 알았고, 남편이 어려움에 처하자 얼른 몸을 피해 남의 집의 방앗간 지기로 있으면서 어려운 생활을 꾸릴 줄도 아는 강인한 여자였다.

시인은 아내를 맹광에 견주어 자신이 양홍 급은 된다는 것을 슬쩍 드러냈다고 볼 수도 있겠지만, 자신을 믿고 시집와서 궂은 일을 함께 한 사람이라 그에 대한 감사와 존중의 뜻도 있었을 것이다. 자기가 두 번이나 연거푸 좌천당해 시골구석에 있어도 그를 받들고 신뢰하는 사람이 있는데 어떻게 넋 놓고 있기만 하고 힘을 내지 않을 수 있겠는가. 아니나 다를까 백거이는 아내가 해 주는 옷을 입고 이 시기를 잘 견딘 덕분인지 충주자사를 지내는 일 년 반의 짧은 기간에 100수가 넘는 예술성이 뛰어난 시를 남겼다. 그것만으로도 훌륭한데 장안으로 돌아가는 시인의 바람도 이루어졌다. 역시나 동지는 희망이 시작되는 날이었던 것이다.

봄빛을
그리다

세밑 밤에 회포를 읊어

유우석 劉禹錫 (당)

몇 해가 가도록 뜻대로 되질 않았는데

새해엔 또 어찌 될는지.

옛날에 함께 어울렸던 벗들을 그리워하지만

지금은 몇이나 남아 있는가.

한가함은 자유로워 좋다고 치부하고

장수는 허송세월에 대한 보상으로 치고 있네.

봄빛은 무정하기에

깊숙한 은거지에도 찾아와 주리라.

歲夜詠懷	세야영회
彌年不得意,	미년부득의
新歲又如何.	신세우여하
念昔同遊者,	염석동유자
而今有幾多.	이금유기다
以閑爲自在,	이한위자재
將壽補蹉跎.	장수보차타
春色無情故,	춘색무정고
幽居亦見過.	유거역견과

연말이면 늘 생각나는 구절이 있다. 프랑스 소설가 미셸 투르니에는 이렇게 썼다. "크리스마스와 정월 초하루 사이의 기이한 일주일은 시간의 밖에 있는 괄호 속 같다. 지난해가 끝났지만 아직 새해는 시작되지 않았다." 한 해를 돌아보고 새해를 고요하게 맞이하고 싶은데 현실은 화려한 해외여행을 떠나거나 휘황찬란한 불빛 아래 근사한 만찬을 즐기는 것에 눈이 돌아간다. 덩달아 휩쓸려 부유하다 정신이 들고 보면 새해가 되고도 며칠이 지나가 있다. 괄호 속의 시간들은 어디로 갔는가. 연말의 들뜨고 분주한 시간 속에 뭔가를 놓치고 있다는 느낌이 유쾌하진 않다. 이

제는 그러지 말아야지 하면서 연말이면 부러 세밑에 쓴 시를 찾아 읽는다.

제야시는 대개 자신이 걸어온 삶을 반추하는 내용으로 되어 있다. 젊어서는 타향에서 고향을 그리는 내용이 주를 이룬다면 나이 들수록 지난날에 대한 회한이 늘어나다가 만년에는 오히려 덤덤하고 자연스럽게 세월의 흐름을 받아들이며 인생에 대한 성찰을 담는 경우가 많다. 시인 이성복은 "시를 읽는 것은 읽는 사람 자신의 삶을 읽는 것이다."라 하였는데, 나는 제야시를 통해 내 삶이 제대로 가고 있는지, 그리고 앞으로 어떤 방향으로 가게 될지를 읽어 내고 싶다.

이 시는 예순일곱 살 시인이 낙양에서 제야를 맞아 쓴 것이다. 유우석은 30대 중반에 왕숙문(王叔文) 등과 함께 환관과 번진 등의 권력 남용과 전횡을 겨냥한 이른바 영정혁신(永貞革新)을 꾀했지만 실패하였다. 함께 도모했던 사람들은 뿔뿔이 흩어졌고 몇몇은 죽기도 하였다. 자신도 23년이나 폄적되어 있었으니 실패한 개혁가요 풍파 많은 인생이었다. 이제는 병들고 노쇠하여 마음은 식어 버린 재와 같고 모습은 겨울나무처럼 앙상해졌다. 세밑은 더 이상 흥분되지도 별다르지도 않으며 새로운 소망이나 계획도 없다. 인생은 뜻대로 되는 것이 전혀 아니라는 것을 그동안의 경험을 통해 톡톡히 배워서인지 오히려 덤덤한 듯 보인다.

연말연시에 손님도 오갈 법한데 시인은 적막하다. 뜻을 같이

했던 옛 벗들을 떠올려 보지만 어떤 이는 피살되었고 어떤 이는 병사했으며 어떤 이는 소식도 모르니 동지들이 얼마나 남아 있는지도 알 수 없다. 세상과 거리를 두고 살았음을 알 수 있는 대목이다. 시에 직접 드러내지 않았지만 시인은 자신의 친한 벗 유종원(柳宗元)을 가장 많이 생각했을 것이다. 유종원은 시인과 같이 어사대(御史臺)에 근무하면서 매우 막역한 사이였다. 의기투합하여 혁신운동에 참여했지만 실패 후 좌천되었고 13년간 지방관을 지내다 40대 중반의 나이로 먼저 세상을 떠났다. 시인에게 노모가 있다며 자기가 더 험한 곳으로 유배 가겠다고 자처할 정도로 시인을 아꼈던 존재였는데 폄적지에서 쓸쓸히 병사하였으니 남은 자가 느꼈을 침통함과 허망함은 짐작조차 되지 않는다.

당시 시인은 낙양에서 태자빈객(太子賓客)이란 벼슬을 지내고 있었다. 다만 태자가 대부분 장안에 머물고 있었기 때문에 특별히 할 일이 없었고 권한도 별로 없는 한직이었다. 시인은 오히려 일이 없어 자유롭고 허송세월하다 보니 명만 길어졌다며 짐짓 좋은 척하고 있다. 살아갈 이유와 위로의 내용을 억지로 갖다 붙이고 있는 것 같아 독자로서 쓸쓸하다. 열정이 많고 이상이 높았던 젊은이가 얼마나 혹독한 세월을 보냈기에 이런 말을 하는가. '유정'한 세상으로부터 얼마나 많이 거부당하고 배신당했기에 '정신 승리'를 하는 것처럼 보이는가.

그는 '무정한' 봄빛이 깊숙한 은거지를 찾아주는 것을 반긴다.

무정하다는 것은 이해득실이나 친소관계 같은 인정에 얽매이지 않는 것을 이른다. 노자(老子)가 "자연의 이치는 편애함이 없다(天道無親)"고 했듯, 자연은 누구에게나 공평하고 한결같아 편안하다. 대상과 거리를 일일이 가늠할 필요도 없고 그에 따라 나의 태도를 바꾸지 않아도 되며 뒤통수를 맞거나 배신을 당할 위험도 없다. 그런 무정함에 안도하다니, 세상은 그에게 얼마나 '몰인정'했던 것일까.

그렇다고 그가 염세나 비관으로 흐른 것은 아니었다. 따뜻하고 부드러운 봄빛이 식어 버린 그의 심장과 앙상해진 몸에 와 닿기를 바랐다. 어지럽고 거친 세속의 행태가 지긋지긋해 무정한 자연을 찾으면서도 한편으론 봄 햇살처럼 어디나 온화하게 비춰 줄 자애로운 정을 원하였던 것 같다. 체념과 낙담으로 무력하지만 그것을 뚫고 봄빛에 가닿고 싶어 하는 시인의 강렬한 마음이 읽히지 않는가.

나는 입원하면 잠을 거의 자지 못했다. 환자마다 처치가 이루어지는 조용한 부산스러움이 있어서이기도 하지만 병실 안의 무거운 공기 탓이 컸다. 환자들 모두 삶과 죽음의 경계에서 홀로 병과 소리 없는 전투를 벌이면서 슬픔, 낙담, 절망, 억울함, 분노를 두루 겪고 있어서인지 좀처럼 안정되지 않았다. 어느 날 밤도 뜬눈으로 지새우는데 창밖으로 세찬 바람에 흔들리는 라일락이 보였다. 가녀린 라일락은 바람에 딱할 정도로 흔들리고 있어서

저러다 부러질 것 같았는데 용케 잘 버티고 있었다. 몸은 고통스럽고 회복은 의심스러우며 온갖 부정적인 감정으로 흔들리는 나를 보는 것 같아 눈물이 나올 것 같았다.

아침에 세면대에 서니 물병에 라일락꽃 한 송이가 꽂혀 있었다. 밤새 바람에 시달렸던 그 라일락이었는데 싱싱하고 향기로웠다. 나는 문득 삶에서 고통을 없앨 수는 없겠지만 그래도 앞으로 무엇이 다가올지 호기심을 갖고 운명을 사랑하려 노력한다면 슬픔과 절망을 뚫고 밝은 빛을 다시 볼 수 있다고 한 헤세의 말이 생각났다. 밤새 시달려도 여전히 아름다운 꽃을 보며 포기하지 말고 저 멀리 있는 빛을 위해 오늘도 힘을 내라는 것이 꽃을 꽂은 이의 마음이었을 게다.

시인 유우석도 알고 있었으리라. 겨울이 지나고 새해가 오면 따뜻하고 생명력 충만한 봄기운이 모두에게 임할 것이고 그것이 노쇠하고 상처받은 몸에도 희망과 치유의 기운을 불어넣으리라는 것 말이다. 그리하여 내년은 올해보다는 더 관대해진 마음으로 세상과 화해할 수 있을 것이며 아름다운 기억으로 여생을 채울 수 있으리라는 기대를 하고 있는 것이다.

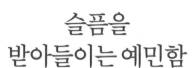

슬픔을
받아들이는 예민함

계유년 제야에 애도하여

심의수 沈宜修 (명)

성긴 꽃 짙은 향기 풍기는 섣달그믐날

낡은 사립문에 폭죽 터져 푸른 연기 흩어지네.

마을 아이들은 신나는 설날을 함께 즐거워하지만

베 휘장에는 늘 묵은 한이 서려 있네.

눈이 오려다 말고 구름도 물러가 개었는데

꽃은 놀라며 한 해를 전송하고 버들도 세월 재촉하네.

지난 일들을 생각하니 그저 슬프기만 하여

봄바람 대하고는 홀로 마음 아파하네.

癸酉除夕感悼二首	계유제석감도 2수 중 두 번째
疏蕊凝香殘臘天,	소예응향잔랍천
荒扉爆竹散靑煙.	황비폭죽산청연
村童共樂新正好,	촌동공락신정호
繐帳長將舊恨纏.	세장장장구한전
雪意欲消雲拂霽,	설의욕소운불제
花光驚送柳催年.	화광경송류최년
而今往事徒悲感,	이금왕사도비감
惟對春風獨愴然.	유대춘풍독창연

　세상에서 가장 슬픈 것이 무엇이냐고 묻는다면 나는 자식 잃은 어미의 마음이라고 생각한다. 열 달 품어 죽음을 각오하고 낳아 내 몸보다 더 소중히 여기며 키웠는데 그것을 창졸간에 잃어버린 마음을 그 누구라고 이해하고 위로할 수 있을까. 조선의 허난설헌(許蘭雪軒)이 두 아이를 연이어 잃은 후 아이들 무덤을 보며 "너희들 혼이 밤마다 만나 서로 따라 노니는 것"을 상상하였는데, 이는 새끼 잃은 어미가 피눈물을 삼키며 겨우 생각해 낸 위로의 내용이다. 이렇게라도 생각하지 않으면 엄마는 숨도 쉴 수 없을 테니까.

심의수 역시 두 딸을 잃었다. 그녀 자신이 시와 사를 잘 썼던 사람이기도 하지만 딸들도 재능을 발휘하게 하여 시인으로 키워낸 교육자이기도 했다. 그녀는 온 집안이 문학가인 친정에서 자라면서 어릴 적부터 문학교육을 받았고 남편의 집안 역시 서권향 가득하였기 때문에 자녀들도 자연스럽게 문학적인 분위기에서 교육할 수 있었다. 독서하고 시를 지으며 저술하는 것이 매우 자연스러운 가정이었다. 그녀는 열세 명의 자녀를 두었는데, 그중 섭환환(葉紈紈, 1610~1632), 섭소환(葉小紈, 1613~1657), 섭소란(葉小鸞, 1616~1632) 세 딸은 인물과 재능이 출중하여 이들 부부의 자랑이자 기쁨이었다. 특히 셋째 딸 소란은 무척 명민하고 미모를 갖추고 있으면서 문재(文才)가 있었을 뿐 아니라 거문고와 그림도 뛰어나 어머니 심의수가 특별히 아끼고 사랑하였다. 그런데 열여섯 살 혼인하기 닷새 전에 돌연 병사하고 만다. 채 충격이 가시기도 전에 장녀 환환이 친정집에 왔다가 동생의 죽음에 크게 상심해 병을 얻어 스물세 살로 죽자 심의수 부부의 슬픔은 이루 말할 수 없었다. 딸 둘을 졸지에 잃고는 "애간장이 갈래갈래 찢어져 어디로 가야 할지 알지 못했다"고 할 정도로 넋이 나가 있었다.

시인은 남은 가족을 생각하지 않을 수 없었다. 슬픔을 가슴에 묻고 일상으로 복귀해 온갖 집안의 대소사를 처리했다. 가난한 살림을 규모 있게 운영하고 자식들을 알맞게 교육하였으며 아픈 식구들을 돌보느라 딸에 대한 그리움을 대놓고 드러내지 못했다. 그러다 가족과 친지가 모이는 명절이나 특별한 날이 되면 딸들의 부재가 두드러졌고 그럴 때마다 슬픔을 시로 풀어놓았다. 그에게 유독 명절에 딸을 애도하는 시가 많은 까닭이다.

이 시는 설날을 하루 앞두고 떠들썩한 분위기와 그 분위기에 휩쓸릴 수 없는 어미의 슬픈 감정을 대비하여 딸을 잃은 아픔을 읊은 것이다. 섣달그믐 정원에는 딸들과 늘 함께 감상했던 매화가 피어 있다. 문밖으로는 폭죽이 터져 들뜬 분위기가 한창이고 아이들은 설날을 기다리며 흥분하고 있다. 딸들이 있었다면 늘 그랬듯 재주를 다투며 매화와 그 그윽한 향기에 대해 시를 읊거나 신년의 소망을 얘기했을 텐데 그럴 수가 없다. 멍하니 베 휘장을 바라보며 마음속에 묻어두었던 원망을 떠올린다. 어찌하여 딸들은 그리 일찍 떠났을까. 재능을 더 꽃피울 수도 있었는데 아깝기만 하다. 딸들이 죽은 후 어떻게 세월을 견뎠는지 모르겠지만, 시간은 무정하게 흘러가니 야속하다. 눈도 멎고 구름도 개어 온 세상이 새해를 맞이하는 기쁨으로 가득하지만 시인은 홀로 비탄에 잠겨 있다.

세밑에 있을 법한 자기반성이나 새로운 바람이나 계획 따위는 그녀의 관심사가 아니다. 마치 영혼을 잃은 사람처럼 슬픔과 상실의 세계에 갇힌 듯 보인다. 그러나 시인은 그곳에 머물지 않았다. 때마다 딸들을 기리는 시를 쓰는 한편, 딸처럼 재능 있지만 요절한 여인들을 수소문하여 그들의 작품을 모아 딸들의 작품을 보태 작품 선집을 만들었다. 그들의 이름과 생애, 죽은 나이를 명기하고 작품을 수록하여 너희들은 여전히 우리 기억 속에 살아 있음을 알렸다. 이것은 그녀 스타일의 애도의 표현이었다.

얼마 전에 난 친정어머니가 쓴 수필 한 편을 읽었다. 어머니는 학자라 논문을 쓰면 가끔 보여 주시는데 어쩐 일인지 이번에는 수필을 보여 주셨다. 친정어머니는 평소에 수필뿐 아니라 편지도 잘 쓰지 않는다. 수많은 책과 논문을 썼기 때문에 짧은 글을 쓰는 것은 일도 아닐 텐데, 나는 어머니가 연구자라 그런 글은 안 쓰나 보다라 무심하게 넘겼고 어머니에게도 굳이 이유를 묻지 않았다. 어머니는 한말숙의 소설 〈잘 가요〉를 읽고 당신이 아들을 제대로 애도하지 못해 마음을 전하는 데에 서툴렀음을 깨닫는다. 50년 전에 아들을 사고로 잃었는데 그때 충분히 슬퍼하지 못했고 상실의 고통을 묻어만 두어 진심을 꺼내어 보여 주는 데에 어려움을 느꼈다고 하였다. 만약 심의수처럼 어머니도 나름의 방식으로 슬픔을 드러내고 애도 프로젝트를 진행했다면 좋았을 터이지만, 지금이라도 보내지 못한 마음을 나름의 형식으로 꺼내려 한다니 다행스러웠다. 그 첫 결실이 이 수필이었다.

심의수가 딸을, 어머니가 어린 아들을 보내는 마음에 대해 생각한다. 차마 말로 표현할 수 없는 슬픔을 겪었고 상처가 깊지만 그 마음을 잘 보낼 줄 안다면 프랑스 문학평론가 롤랑 바르트의 말처럼 슬픔을 받아들이는 예민함이 점차 무뎌질 수 있으리라. 그렇게 되면 아이를 사랑했던 마음과 잃었던 슬픔도 모두 기억 안에 고요히 저장되어 언제든 너무 아프지 않게 꺼내볼 수 있지 않을까.

괜찮다,
괜찮다

세밀에 고향에 이르러

장사전 蔣士銓 (청)

자식 사랑하는 마음 끝이 없어서
아들이 때맞춰 돌아오자 기뻐하시네.
겨울옷은 촘촘하게 바느질하셨고
집에서 보낸 편지엔 먹물 자국 선명했지.
얼굴 보자마자 야위었다며 가엾게 여기시고
날 불러 고생한 걸 물어보시네.
부끄러운 자식은 머리 숙인 채 얼버무리며

감히 풍진 세상을 탄식하지 못했네.

歲暮到家	세모도가
愛子心無盡,	애자심무진
歸來喜及辰.	귀래희급진
寒衣針線密,	한의침선밀
家信墨痕新.	가신묵흔신
見面憐淸瘦,	견면련청수
呼兒問苦辛.	호아문고신
低徊愧人子,	저회괴인자
不敢歎風塵.	불감탄풍진

"괜찮아, 괜찮아"는 가수이자 기타리스트인 미셸 자우너가 엄마를 잃고 가장 듣고 싶고 아쉬웠던 한 마디였다. 혼혈로 태어난 그녀는 한국인 엄마의 사랑을 듬뿍 받았지만 자랄수록 그런 엄마가 부담스러워 엇나갔다. 지독하게 방황하다가 엄마가 아프다는 소식을 듣고 돌아와 엄마의 마지막을 지킨다. 엄마는 죽어가면서도 괜찮다며 딸을 위로하였는데 엄마가 떠나고 나서야 "무슨 일이든 어찌어찌 잘 풀릴 거라고 내게 말해 줄 수 있는, 세상에서 유일한 사람"이라는 것을 깨닫는다. 이 대목은 매우 감동적인데 특히 풍수지탄(風樹之歎)을 경험한 독자라면 깊이 공감하

면서 가슴이 저미는 아픔을 느낄 것이다. 부모 생전에 사랑과 감사를 더 많이 표현하는 것이 좋다는 것을 알면서도 그게 참 쉽지 않다. 철이 늦게 들어서인가, 혈육 간 감정 표현이 낯설고 부끄러워서인가.

청나라 청년 시인 장사전은 그 마음을 표현할 줄 아는 사람이었다. 그는 비록 가난한 집안 출신이었지만 교육에 관심이 많은 부모 덕에 여러 선생님을 좇아 가르침을 받을 수 있었다. 이 시는 스물한 살에 과거자격시험의 일종인 동자시(童子試)를 보고 이곳저곳을 다니다 세밑이 다 되어 고향으로 돌아왔을 때 지은 것이다. 봄에 떠난 아들이 한겨울이 되어 귀가하였으니 가족들, 특히 부모님이 반가워했다. 그가 세밑에 돌아온 것은 낡은 해와 새해가 교차하는 그때, 객지에서 쌓였던 피로도 풀고 새 힘을 충전하여 가족을 위해 무엇을 할지 정리하고 싶은 마음이 컸기 때문일 것이다.

아들이 해를 넘기지 않고 돌아오자 부모는 기쁘다. 그를 사랑하는 마음이 얼마나 컸던가. 객지에서 혹시 추울까 한 땀 한 땀 촘촘하게 바느질한 겨울옷과 먹을 정성 들여 짙게 갈아 한 자 한 자 공들여 쓴 안부 편지에 그들의 마음이 역력히 드러난다. 아들은 따뜻한 옷을 입고 글자가 선명한 편지를 볼 때마다 위축되었던 마음에 한 자락 훈풍이 불었을 것이다. 그런 사이가 오랜만에 만났으니 쌓인 이야기가 얼마나 많겠는가.

나는 아직도 매일 밤 아들들이 퇴근하는 것을 기다린다. 어련히 알아서 잘 들어올 것이고 그저 얼굴 한번 삐쭉 비춰주는 것이 다겠지만 엄마 마음은 그렇지 않다. 엄마니까 자식 나이가 많든 적든 바깥에서 무슨 일이 있지 않았을까 마음이 쓰이는 것이다. 장사전이 일 년 만에 집에 왔는데 홀쭉하게 야위었으니 그 부모가 걱정되었을 것이다. 말랐다고 타박하며 밥은 제대로 먹고 다녔냐 혹시 누가 괴롭히더냐 춥지는 않더냐 힘든 일은 없었냐며 꼬치꼬치 물었을 것이다. 그런데 아들은 얼굴을 숙인 채 말을 얼버무리며 객지에서 겪은 일을 털어놓지 않는다. 부모님이 알면 속상할 일들이 있었을 것이고 부모의 기대에 부응하지 못한 것 같아 자식으로서 부끄러운 것이다. 이럴 때 부모는 더 묻고 싶어도 입을 다물게 된다. 아들이 말없이 머리를 주억거리는 것만 보아도 그 마음 알 것 같으니.

나는 이 시를 읽을 때마다 아들이 군대에 가 있을 때가 생각난다. 아마 시인이 이 시를 쓸 때와 비슷한 또래라 그럴 것이다. 남들 다 가는 군대에 뭐 그리 호들갑을 떨겠냐만 어쩔 수 없이 긴장되었다. 전방은 여기보다 추울 것 같아 핫팩을 꾸역꾸역 챙겨 보내고 외로울까 봐 매일 인터넷 편지, 손편지를 썼으니 내가 바로 장사전 어머니 같은 사람이었다. 훈련소 퇴소 날 아들을 보러 갔을 때 너무나 살이 빠져 못 알아보았던 것과 평소에 그렇게 입이 짧은 애가 싸온 도시락을 허겁지겁 먹어 크게 놀랐던 것이 기억에 남아 있다. 정작 아들들은 앓는 소리 한번 한 적 없었는데 나는 매일 남북 관계 긴장 완화와 세계 평화를 위해 간절히 기도하며 내내 발 뻗고 잠을 자지 못했다.

생각해 보면 난 극성 엄마라 할 수는 없었다. 당나라 시인 맹교(孟郊)의 어머니는 쉰 살 아들이 율양현위(溧陽縣尉)를 지내고 있을 때 아들의 겨울옷을 정성껏 지어 가져다 준 적이 있지 않은가. 마흔여섯 살에야 과거시험에 합격하여 간신히 벼슬을 한 늙은 아들이 염려되고 궁금하여 임지에까지 찾아간 엄마였다. 아들이 아무리 나이가 들어도 엄마 눈에는 여전히 어린아이리라.

동시에 내가 많이 어려울 때 차마 부모님께 저간의 사정을 다 말하지 못한 것도 떠오른다. 몸이 아프거나 생활이 궁하거나 손 하나가 아쉬울 때 차마 입이 떨어지지 않거나 부끄러워 딴소리만 하던 때 말이다. 아마 누구나 비슷한 경험이 있을 것이다. 자립하느라 애쓰는 자식을 멀리서 바라보며 응원할 수밖에 없는 부모와 그런 부모가 근심할까 자신의 고충을 다 털어놓지 않는 자식. 이 둘의 사랑은 세밑 추위도 녹여 버릴 만큼 따뜻하다.

기쁜 일이
넘치기를

새해

유창 劉敞 (송)

눈 녹고 얼음 풀려 푸른 봄 새어나오니

모든 것이 다 새로워 취한 눈으로 봐도 놀랍도다.

세월이 나는 새처럼 지나간다는 것을 이미 알기에

그저 이 신세를 하늘 이치에 맡겨 두노라.

新年　　　　　　　신년

雪消冰解漏靑春,　　설소빙해루청춘

醉眼驚看物物新.　취안경간물물신

已識年華似飛鳥,　이식년화사비조

直將身世委天均.　직장신세위천균

난 천성이 번잡스러운 것을 좋아하지 않아서인지 생일이나 기념일은 물론 명절 같은 무슨 때를 챙기는 것이 늘 힘들었다. 특히 연말연시에 툭하면 성탄절이다 송년회다 망년회다 해서 모이고 금방 설이 되어서는 또 신년회다 명절이다 모여서 밥 먹자 하며 우루루 몰려다니다 보면 해가 시작되자마자 기가 다 빨리는 것 같았다. 한 소설가가 "나이가 들어간다는 것은 수많은 순간이 그저 찰나가 아니라 선물임을 아는 것"이라 했듯 나도 이제는 그 번잡함에도 의미가 있다는 것을 이해할 수 있게 되었고 그 순간을 제법 즐길 줄도 알게 되었다.

송나라의 고명한 선비이자 학자인 유창이 신년을 맞았다. 집 안팎이 시끌시끌하며 신년을 쉬느라 분주했을 테지만 그는 봄이 오는 것을 조용히 보면서 신년을 맞는 소회를 적고 있다. 늘 하는 생각과 크게 다르지 않을 것이나 신년이 되면 뭔가 마음가짐이 다르지 않던가. 그는 조금씩 봄기운이 세상에 스며드는 장면을 경이롭게 지켜보고 있다. 겨울이 지나면 봄이, 묵은해가 지나면 새해가 오기 마련이지만, 죽은 듯 고요하던 자연이 소생하는 모습은 늘 봐도 새롭다. 눈과 얼음이 녹고 생명의 기운이 약동하는 것을 두고 시인은 봄이 "새어 나오는" 것 같다 하였다. 꽁꽁 얼어붙었던 주머니에 작은 균열이 생겨 조금씩 새어 나오는 봄기운은 우리가 모르는 사이에 온 세상에 퍼져 만물에 생기를 불어넣는다. 시인은 취한 눈으로 그것을 보고 있다. 무엇에 취했을까. 신년을 맞아 친척들이 모인 김에 술을 좀 마셨을까, 아니면 새해라고 봄의 놀라운 생명력에 취한 것일까. 어떤 쪽이든 새해와 봄은 시작과 관련된 단어라 마음 두근거리게 함은 틀림없다.

설날 떡국을 먹으며 나이를 헤아리다 보면 어쩌면 세월이 그리 빨리 흐르는지 아찔해진다. 나는 서른일곱 살부터는 나이를 헤아리지 않았는지 그냥 그즈음에 멈춰 있는 것 같다. 진짜 서른일곱 살들이 들으면 기함할 소리지만 이십 년이 뭉텅이로 사라진 것 같다. 시인은 나는 새처럼 지나갔다고 표현하였다. 지나간 세월이, 꽃다운 청춘이 짧은 봄처럼 지나버려 아쉽긴 하지만 어쩔 수 없다. 마음은 그대로인데 남들은 그렇게 봐주지 않으니 답답한 노릇이지만 몸부림칠수록 추하기만 하다. 누구에게나 성쇠의 때가 있다는 하늘의 섭리를 이해하고 그 물결에 자연스럽게 몸을 맡기며 살겠다고 마음먹는 것이 성숙한 어른으로서의 좋은 태도임을 안다.

미국 임상심리학자 타라 브랙(Tara Brach)은 "내면에서 일어나고 있는 것을 분명히 인식하고, 본 것을 열린 마음과 친절함과 사랑의 마음으로 바라보는 것"을 '수용'이라고 보았다. 유창은 나이

들어가며 느끼는 내면의 변화에 주목하면서 동시에 자연의 섭리를 넓은 마음으로 받아들여 자신의 처지를 말 그대로 '수용'하기로 한다. 나는 특히 '친절함'의 힘에 주목한다. 시인이 받아들임에 이르게 된 것은 어쩌면 봄기운을 친절하게 볼 줄 알았기 때문일 것이다. 소소한 친절이 받아들이는 사람에 따라 큰 의미가 되어 살아가는 힘이 되는 경우가 많지 않던가.

소설가 엘리자베스 스트라우트의 《올리브 키터리지》에는 아들 결혼에 심술이 난 올리브가 나온다. 아들의 결혼을 반기면서도 낯선 여자가 아들을 빼앗은 것 같은 상실감에 며느리의 신발 한 짝을 훔치고 스웨터에 매직으로 낙서를 해 놓는 등 유치한 짓을 한다. 겨우 결혼식 피로연이 끝나자 그녀는 자신의 커피 취향을 알고 있는 친절한 여종업원이 있는 던킨도너츠에 간다. 그녀의 다정한 미소와 친절은 올리브로 하여금 여유를 갖게 하여 변화된 모자관계를 받아들이게 한다. 이 이야기는 하늘의 이치에 맡긴다는 것이 말처럼 쉽지 않다는 것과 우리 모두 서로 친절과 사랑을 주고받으며 이 어려운 과제를 해내려 애쓰며 산다는 것을 일깨워 준다.

시인은 새해를 맞아 모든 것이 새로운 것과 대비되는 묵은 자신을 되돌아본다. 계절은 반복하여 순환하면서도 새로울 줄 아는데 그 안에 있는 나는 어떻게 새로워질 수 있을까라는 물음을 우리에게 던지고 있는 것 같다. 나는 한시의 작자들은 이 답을 알고 있다고 여겨왔다. 그래서 그들의 시를 찾아 읽다 보면 힌트를 얻을 수 있지 않을까 기대했다. 여전히 삶은 어렵고 답은 요원한 것 같지만 계속 찾다 보면 나만의 길을 찾을 수 있을 것이라 희망한다. 지금은 그저 당나라 시인인 장열(張說)이 그랬던 것처럼 "근심일랑 지난해 따라 다 털어버리고 기쁜 일은 올해 들어 넘치기를"이라 새해 소원을 빌 뿐이다. 지난해도 우리 모두 사느라 애썼다. 근심 걱정은 모두 지난해에 다 묻어두고 기쁜 일은 새해와 함께 풍성하기를!

6장

———

한시가
일상이 되다

한시를 즐기는 요령

많은 사람들이 한시는 진입장벽이 높다고 생각한다. 시도 낯선데 한자는 더 낯설어 선뜻 다가가게 되지 않는다고들 한다. 그러나 생각해 보면 16세기 영어를 몰라도 셰익스피어 작품이 좋고 독일어를 몰라도 괴테의 시가 감동적이지 않던가. 한시도 마찬가지다. 한문도 한시 작법도 잘 모르지만 일단 발을 들여놓으면 의외로 어렵지 않게 이해할 수 있다. 우리는 이미 동양적 감성이 장착되어 있어서 가없는 시간이나 공간쯤은 사뿐히 넘어서서 옛 시인의 감성을 어렵지 않게 받아들일 수 있는 것이다. 한문이나 한시는 전혀 모른다고, 무식해서 미안하다고 손사래 치던 분들이 한시 수업을 듣던 첫날부터 눈물을 흘리던 장면을 나는 아직 기억한다. 나 역시 한시가 이렇게 강력한 힘을 가졌구나 싶어 적이 놀랬었다. 그러니 이것저것 재지 말고 "일단 읽어보시라"라고밖에 말할 수 없겠다. 그러나 장비가 좋으면 일도 수월한 법, 내가 경험하고 사용한 것 중심으로 한시를 좀더 쉽게 일상에 들이는 요령을 몇 가지 짚어 본다.

한시 칼럼

의식하고 보면 우리 주변에 한시에 관한 정보가 적지 않다. 우선 신문사에서 제공하는 한시 관련 칼럼이 있다. 예를 들어《동아일보》의 〈이준식의 한시 한 수〉, 〈한시를 영화로 읊다〉와 《국제신문》의 〈조해훈의 고전 속 이 문장〉 같은 것이 있는데 오랫동안 연재해 오고 있고 절기나 때에 맞추어 적절한 시를 골라 간략하고 쉽게 풀어주므로 어렵지 않게 다채로운 시를 접할 수 있다. 이것만 꾸준히 보아도 꽤 공부가 된다.

나와 같이 공부하시는 분은 남편이 신문에서 한시 칼럼을 보면 잘라 놓으신다고 했다. 한시를 읽는 아내를 위한 가만한 외조이다. "남편이 이런 걸 잘라서 보여 주며 이 시 읽어봤냐고 하더라고요."라고 웃으며 신문에서 스크랩한 것을 보여 주는데 뿌듯함이 발그레하게 올라온다. 아이들 뒷바라지가 끝났더니 남편의 외조가 기다리고 있다는 것, 생각만 해도 보람되고 즐겁다. 그렇게 신문지를 한 조각 한 조각 잘라 읽고 마음에 드는 것은 붙이고 감상을 짧게 메모하면 나만의 스크랩 책이 만들어진다. 책이 별거던가. 이렇게 하면 내 감상을 곁들인 나의 한시 칼럼 저널이 될 것이다.

아날로그식의 스크랩 책이 번거롭다면 블로그나 인스타그램 등 소셜네트워크 서비스를 이용하여 칼럼을 스크랩한 후 자신의 감상을 덧붙여도 좋겠다. 자신만 감상하는 데서 그치지 않고 해시태그 기능을 사용하면 비슷한 취향과 흥미를 가진 사람들과 교류할 수 있는 것은 덤이다.

영상물

　요즘은 각종 영상물이 넘쳐나기 때문에 한시 관련한 것들도 어렵지 않게 찾을 수 있다. 근래 제일 흥미로운 것은 EBS 세계테마기행의 〈중국한시기행〉이다. 중국의 곳곳을 찾아다니며 그곳과 얽힌 시와 시인에 관한 이야기를 들려 주는 프로그램이다. 일반 관광지가 아니라 한시와 관련된 곳을 보여 주므로 그 자체로도 재미있지만 시나 시인이 어떤 자연·사회 배경 아래 나온 것인지 확인할 수가 있어서 참고자료 역할도 한다. 때때로 김성곤 교수가 구성진 목소리로 시를 음창(吟唱)하거나 피리를 불기도 하여 시를 즐긴다는 것이 어떤 것인지를 엿보는 맛도 있다. 이 방송은 워낙 인기가 있어서 관련 내용이 책으로도 묶여 《김성곤의 중국한시기행》으로 출간되었다. 사진도 넉넉하고 인용된 한시도 잘 정리되어 있어 영상과 같이 보면 좋다.

　또한 유튜브에도 한시 관련 영상들이 꽤 많이 있다. 본격적으로 강의한 것도 있고 한시 애호가로서 읽은 감상을 담은 것도 있다. 시작법(詩作法)에 대한 것도 있고 한시를 낭송하거나 붓으로 쓰는 법을 알려 주는 등 꽤 다양한 영상이 있다. 취향대로 구독해서 꾸준히 보면 한시 이해에 참고가 될 것이다. 나는 한동안 당시삼백수 수업에 중국어로 시를 읽어 주는 영상을 활용했었다. 중국어를 알지 못하더라도 한시의 리듬감이나 조화로운 음성의 배치 같은 것을 감상할 수 있어서 들어볼 만하다.

그 외 각종 플랫폼에서 방영 중인 역사 드라마나 영화도 참고가 된다. 중국 사극에서는 대사에 한시가 종종 인용되고 어떤 때에는 한시를 통째로 읊으며 자신의 감정을 토로하는 장면도 자주 나온다. 의상이나 건축 등의 볼거리와 함께 고전시가 어떻게 쓰이는지 엿볼 수 있어 한시의 흥미를 돋우는 데 좋은 자료이다.

물론 우리나라 사극에서도 한시가 심심치 않게 사용되는데, 예를 들어 재작년 방영된 우리나라 드라마 〈옷소매 붉은 끝동〉에서도 《시경·패풍(邶風)》의 〈북풍〉이라는 시가 읊어져 화제가 되었다. 여러 어려움을 헤치고 왕위에 오른 주인공이 위정자로서의 책임 그리고 사랑하는 사람과 고난을 피해 오손도손 살고 싶은 필부의 소망 사이에서 갈등할 때 이 시가 인용되었는데, 《시경》을 몰라도 극 이해가 어렵지 않았지만 시경의 비유법에 대한 지식이 있었다면 주인공이 겪고 있는 갈등이 더 분명히 이해되었을 것이다.

관련 서적

한시를 공부하고 싶은데 무슨 책을 보면 좋을까란 질문을 가끔 받는데 제일 먼저 떠오르는 것은 한양대학교 정민 교수의 책이다. 1996년에 출판된 《한시미학산책》은 여전히 많이 읽히는데, "한시의 세계를 풍성한 예화로 정겹고 운치 있게 말해 주는 한시 입문서이자 한시의 다양한 형태미와 내용 분석을 흥미롭게 보여 주는 고급교양서"라는 광고 문구대로 초학자와 한시에 좀 더 깊이 들어가고자 하는 독자 모두 만족시킬 만한 책이다. 한시의 미학적 특성을 쉽게 잘 설명하면서 한시를 감상할 때의 포인트까지 짚어 주고 있어서 지금 내가 봐도 유익하다. 또한 그의 《우리 한시 삼백수》는 우리나라 한시의 대표작이 망라되어 있어 전체를 일별하기 좋다.

중국 한시에 관한 소개서나 선집 역시 적지 않다. 중국의 한시는 워낙 방대하고 역사도 길어서 무엇부터 보아야 할지 난감하다면 송용준 교수의 《중국한시》를 우선 읽어 보길 추천한다. 한대부터 청대까지 주요 작품 250여 수를 선별하여 번역과 해설을 붙였는데, "깊이 있는 한시 감상의 길잡이" 역할을 하였다고 자부하는 이 책은 중국 한시의 흐름과 대표 작가, 대표작을 이해하는 데에 도움이 된다. 또한 한시의 정수라 일컬어지는 당시(唐詩) 가운데 300여 수를 선별하여 묶은 《당시삼백수》도 도움이 된다. 나는 선후배와 이 책을 꼼꼼하게 읽으며 번역하여 책을 낸 적이 있는데 매시간 열띠게 토론할 만큼 당시는 아름다웠고 매력적이었다. 다만 청대 문인이 선별하였고 대표성이 떨어지는 시도 일부 포함되어 있는 것이 아쉬운 점이라면 이병한 · 이영주 교수가 펴내신《당시선(唐詩選)》은 명실상부한 당시의 대표작을 선별한 것이라 난 여전히 참고하고 있다.

당시와 송시를 모두 수록하여 두 시대의 시가 어떻게 다른지 비교하여 볼 수 있는《천가시(千家詩)》도 있다. 당시와 송시 중 예술성이 뛰어나고 잘 알려진 시를 선별하여 수록한 것으로 초학자의 학습을 위해 만들어진 책이다. 특히 절구와 율시만 수록하고 장편 고시나 배율 같은 긴 작품은 수록하지 않아 부담을 좀 덜어 내었고 계절별로 시가 나열되어 있어서 계절에 맞추어 시를 읽으면 매우 생생하게 감상할 수 있는 특징이 있다.

송시만 보고 싶다면 유종목 · 송용준 교수가 펴내신《송시선 (宋詩選)》이 있다. 송시는 당시와는 매우 다른 특색이 있어서 사람에 따라 당시를 더 선호하기도, 송시를 더 선호하기도 한다. 이 둘을 비교하며 읽으면 시맛이 확실히 다른 것을 알 수 있을 것이다. 또한 나는 유병례 교수의《당시, 황금빛 서정》,《서리맞은 단풍잎, 봄꽃보다 붉어라》도 종종 들춰 보는데, 좋은 번역과 깔끔한 해석이 곁들여져 초학자들에게 친절한 책이다.

개별 시인의 시집

오다가다 맞닥뜨린 구절에서, 혹은 시선집에서 마음에 드는 작품을 발견했다면 그 시인의 시집을 찾아 집중적으로 읽어 보는 것도 좋다. 수많은 시에서 유독 내 눈에 들어 내 마음을 움직였다면 그 시인이 나와 결이 잘 맞는다는 뜻이다.

나와 시를 같이 읽으시는 분은 시선집을 읽은 후에 당나라 시인인 왕유(王維)의 시에 유독 마음이 간다고 하여 왕유 시집을 집중적으로 읽었다. 개별 시인의 시집은 그의 대표작은 물론 그의 시 세계를 파악할 수 있는 시가 골고루 수록되어 있으므로 다 읽고 나면 그 시인과 꽤 친해진다. 그분이 회화에 관심이 많은 불자여서인지, 불교에 심취했던 왕유의 고요하면서도 회화적인 특징이 두드러지는 시가 서로 잘 맞았던 것 같다. 그분은 왕유의 시를 읽으며 클림트의 그림이 떠오른다고 하였는데, 시인의 정서와 그가 그려 내려 했던 세계를 독자가 온전히 받아들여 내면화하는 순간이다. 이를 두고 '시간의 압력' 속에서 영혼의 짝을 발견했다고 해도 지나친 언사가 아니니라. 천년도 더 전에 나와 비슷한 취향을 갖고 비슷한 생각을 했던 이와 우정을 나누는 기쁨은 정말 특별한데 그것을 맛보았으니 얼마나 삶이 풍요롭겠는가.

나는 당 말엽 시인인 이상은(李商隱)을 전공하였다. 오랜 시간 그의 시를 집중적으로 읽었더니 그가 내 오랜 친구 같은 느낌이 들었다. 때로는 그 작가가 살아서 문을 열고 들어올 것처럼 생생하게 느껴지기도 했고, 어떤 상황에 부딪히면 그라면 이러이러하게 말했을 거야라고 상상하기도 했다. 내가 그의 시집 전체를 번역하기로 마음먹은 것은 오랜 친구와의 의리 때문이기도 했다. 이것이 그저 시집만 읽어도 가능한 것이라니 신기한 노릇이다.

유명시인의 시선집은 이것저것 나와 있지만 초학자에게는 '지만지 시선집' 시리즈가 꽤 도움이 된다. 매우 다양한 작가의 대표작이 전문가에 의해 선별되어 해설과 함께 얄팍하게 묶여 있어 부담 없이 볼 수 있다. 시만 읽어도 좋지만 시인의 생애나 당시 시대 배경을 알고 보면 시가 더 깊이 읽히므로 개인 시집에 덧붙여진 생애나 배경 설명을 꼭 읽도록 한다.

필사, 낭독, 암송과 창작

한시를 전공한 동료들에게 어떻게 하면 한시나 한문을 좀 더 가까이할 수 있을까 물었더니 이구동성으로 많이 써보는 수밖에 없다고 한다. 나 역시 동의한다. 많이 읽고 써보는 아날로그적 공부법이 힘들고 시간이 걸리지만 가장 확실하고 빠른 방법이다. 한자는 상형이라는 기본 원리가 있으니 써 가면서 이미지를 더 생생하게 느낄 수 있는 이점도 있다.

나는 대학교 한시 수업 때 교수님께 노트 검사를 받은 적이 있다. 수업 시간마다 시 원문을 쓰고 음을 달고 해석을 쓰고 모르는 한자를 찾아 공부하여 노트 정리를 해 놓으라고 학기 초에 말씀하셨고 학기 말에 노트를 전부 걷어 검사하셨다. 중고등학생도 아니고 대학생이 노트 검사라니 이게 웬 말이냐며 투덜댔지만 결과적으로 제일 효과적인 공부법이었다. 한문은 지금 쓰이지 않는 언어라 외국어를 공부하듯 여러 번 쓰고 익히는 것이 중요하다. 시를 눈으로 읽는 데서 한 단계 업그레이드 하고 싶다면 이런 필사가 도움이 될 것이다. 마음에 드는 시 구절을 붓이나 펜으로 멋지게 써보는 것도 좋겠고 그것으로 요즘 유행하는 '다꾸'(다이어리 꾸미기)를 하는 것도 재미있을 것 같다.

그다음으로 낭독이나 암송도 좋은 방법이다. 한시는 운율과 리듬이 있는 운문이므로 소리 내어 읽는 것이 색다른 감상법이된다. 한자가 아직 낯설고 읽기 어렵다면 번역문이라도 차분하게 낭독해 보길 권한다. 그냥 눈으로 본 것과는 다른 느낌이 들것이다. 여기서 한 차원 더 올라가면 암송의 세계가 있다. 대학원 박사과정 때 논문학점을 이수해야 했는데 나의 지도교수님은 《당시삼백수》를 암송하라는 과제를 내주셨다. 안 그래도 암기가 어려운데 선생님 앞에서 시를 암송을 해야 하니 정신이 아득했지만 어쩌랴, 해야지. 작은 수첩에 시를 50수씩 적어놓고 틈만나면 외웠다. 죽어라고 외워서 떨리는 마음으로 암송을 하고 가끔 선생님의 기습 질문에도 대답을 하는 것이 굉장한 정신적 압박이 되었지만, 선생님의 의도대로 시를 외우는 것은 시를 깊이 이해하는 데에 아주 유용했다. 책 한 권을 다 외우긴 어려워도 내가 애호하는 시 몇 수, 아니 단 한 수만이라도 외우고 있다면 그것은 나만의 특별한 재산이 될 것이다.

필사, 낭독, 암송까지 와도 만족이 안 되는 소수의 사람들이 있다. 그런 사람들에게는 창작을 권한다. 한시를 짓는 것은 굉장히 학식이 높아야 할 것 같지만 꼭 그런 것은 아니다. 시상이 떠오른다면 그것을 한자로 어떻게 표현할까 생각해 본 다음, 운율에 맞추어 적당한 글자로 바꾸고 그것을 계속 연결해 나가면서 전체적으로 균형이 잘 잡히면서도 매끈한 구조를 만들어 가는 것, 이 과정 자체를 즐기면 된다. 이것이 유희나 퍼즐 맞추기같이 느껴지기 때문에 까다로운 이것을 취미로 삼는 사람도 있다.

창의적인 독후활동

시를 읽고 쓰고 외우며 시를 자기 것으로 만드는 것도 의미 있지만, 시를 생활로 가져오면 또 다른 재미가 있다. 난 이것을 '시 독후활동'이라 부른다. 시와 관련된 이벤트를 만들어 시를 즐기면 일상의 색채가 다채로워진다.

물론 이것은 내가 처음 생각해 낸 것은 아니다. 일찍이 조선의 선비들은 겨울에 매화를 찾아 산을 오르며 탐매시(探梅詩)를 쓰는 이벤트가 있었다. 만약 산행이 여의치 않으면 집 안에 매화 화분을 두고 감상하는 모임을 가졌는데, 분매(盆梅)가 꽃을 피우면 친구들을 초대하여 술을 마시며 시를 짓기도 하였고, 어떤 때는 얼음덩어리 속에 촛불을 두고 매화를 비추며 시를 짓기도 했다고 한다. 매화를 빙자한 친목 모임이었지만 시가 빠지지 않으니 고상한 운치가 있다. 어찌 보면 좀 유치한 것 같기도 하지만 그냥 만나서 잡담이나 하고 술만 마시는 것과는 차원이 다르지 않은가. 매화시를 읽은 사람들의 독후활동 이벤트가 마음에 들어서 나도 언젠가 따라 하려고 마음먹고 있다.

수업 시간에 봄에 관한 시를 실컷 읽었더니 다들 밖으로 나가고 싶어 엉덩이가 들썩인다고 하였다. 얼마 지나지 않아 독후활동의 결과물이 단체톡방에 올라왔는데 참 다양했다. 집 앞에 핀 봄꽃 사진부터 시작해서 여린 연두 잎이 돋아나는 버들가지, 나비와 새, 매화송이가 띄워진 차, 고궁의 봄풍경 사진이 올라왔다. 한 피아니스트는 시에 어울리는 음악으로 드보르작의 '현을 위한 세레나데'를 소개하였으며, 심지어 매화차 파는 곳까지 봄시와 관련된 사진과 정보가 풍성했다. 모두 봄시를 읽고 시심이 동해 모은 사진이요 정보였다. 단순히 봄 풍경을 감상하는 것과 시를 염두에 두고 풍경을 보는 것은 분명한 차이가 있다. 시를 더욱 생생하게 느낄 수 있는 기회가 되는 것이다.

이 외에 시와 관련된 그림을 찾아 관람하거나 시에서 연상되는 음악회를 가기도 한다. 작년에는 매화시를 읽고 호림박물관의 '조선양화(朝鮮養花)-꽃과 나무에 빠지다' 특별전에 가서 금빛 달을 오려 붙이고 달항아리에 매화 가지를 꽂아둔 '매화감실'을 보며 나도 조선 선비처럼 감탄하기도 하였다.

몇 년 전에는 몇몇 시인의 시를 읽고 그들의 고향을 다녀오는 한시기행 이벤트도 가졌었다. 녹음이 우거진 시를 읽으면 대나무가 우거진 카페를 찾아 바람에 댓잎이 흔들리는 대나무를 감상하기도 하고, 차에 관한 시를 읽으면 다구를 죽 늘어놓고 녹차를 정성스럽게 우려 마시기도 하였다. 달에 관한 시를 읽은 후면 달을 찾아 상현인지 하현인지 보름인지 확인하기도 했고, 노을에 관한 시를 읽으면 한강으로 달려가 노을 지는 장면을 군이 보기도 하였다. 내가 생각한 것은 고작 이 정도이지만 창의성을 발휘하면 더 재미있고 의미 있는 독후활동이 가능할 것이다. 시를 읽는 데서 그치지 않고 다양하게 감상하려는 시도는 시를 체화, 일상화하는 것과 다르지 않기 때문에 자신의 삶을 좀 더 멋지고 근사하게 업그레이드 하고 싶다면 과감히 시행해 보길 당부한다.

한시는 우리 주위에 널려 있다. 한옥의 기둥에 붙은 대련이라든가 박물관에 걸려 있는 족자나 그림, 유적지에 남아 있는 구절, 현판이나 건물 이름, 심지어 식당에 깔린 테이블 매트나 수저집에도 한시를 발견할 수 있다. 평소에는 무심하게 스쳐 지나간 것들이지만 관심을 가지면 그만큼 보이는 것이 많다. 위에 열거한 몇 가지 팁은 내가 오랫동안 한시를 접하며 터득한 것들이라 부족한 점도 있고 자신에게 맞지 않을 수도 있다. 말 그대로 팁일 뿐이니 참고로 삼아 일단 한시의 깊은 우물에 '풍덩' 하고 두레박을 던질 수 있었으면 좋겠다. 아마 뭐라도 건질 수 있을 것이다.

그러나 무엇보다도 중요하고 우선되어야 할 것은 독자의 깊이 있는 경험과 열린 마음이다. 세월을 지나온 자신의 몸과 목소리에 귀를 기울일 줄 알아야 남의 목소리도 들을 줄 알 것이고 그래야 시가 들어갈 여지가 생긴다. 단테가 천국에 이르러 "작은 불씨가 새로운 불길을 만든다"고 하지 않았던가. 작은 시 한 편을 품어서 내 생각과 내 감정이 바뀌어 결국 내 삶의 새로운 불길이 되는 신나는 체험을 할 수 있길 바란다.

자구 해설

〈봄산의 달밤〉, 우량사

勝事(승사) : 빼어나 볼만한 것, 아름답고 좋은 경치에서 술자리를 갖는 것을 이르기도 한다.
賞玩(상완) : 좋아하며 보고 즐기다.
掬(국) : 움키다, 움켜쥐다.
弄花(농화) : 꽃을 보고 즐기다.
芳菲(방비) : 화초가 향기롭고 꽃다움.
翠微(취미) : 먼 산에 낀 푸른 기운.

〈산 서쪽 마을에서 노닐며〉, 육유

臘酒(납주) : 섣달에 빚은 술
渾(혼) : 흐리다, 탁하다.
鷄豚(계돈) : 닭과 돼지.
簫鼓(소고) : 퉁소와 북
追隨(추수) : 뒤따르다.
春社(춘사) : 봄제사. 입춘후 토지신과 오곡신에게 풍년을 기원하는 제사.
簡朴(간박) : 간소하고 소박함.
拄(주) : 버티다.
叩(고) : 두드리다.

〈술을 앞에 두고〉, 백거이

蝸牛角上爭(와우각상쟁) : 달팽이 뿔 위에서 싸우다. 《장자(莊子) · 칙양(則陽)》
에 달팽이 왼쪽 뿔에 사는 촉씨(觸氏)와 오른쪽 뿔에 사는 만씨(蠻氏) 두 부족이 영토 다툼을 벌이다가 큰 희생을 치렀다는 이야기가 있다. 이로부터 좁은 세상에서 하찮은 다툼을 벌이는 것을 비유하는 와각지쟁(蝸角之爭)이라는 고사성어가 나왔다.

石火光(석화광) : 부싯돌의 불이 번쩍이는 것처럼 지극히 짧은 시간을 이르는 말이다.

〈봄밤에 내린 기쁜 비〉, 두보

潛入(잠입) : 몰래 들어가다.

錦官城(금관성) : 사천성 성도(成都)의 옛이름. 이 지방의 산물인 비단을 관리하는 벼슬을 둔 데서 붙인 이름이다.

〈겨울 경치〉, 소식

제목 : 다른 판본에는 〈유경문에게 드려(贈劉景文)〉 또는 〈초겨울(初冬)〉로 되어 있기도 하다. 유경문은 소식의 벗으로, 소식은 일찍이 그를 '강개하고 뛰어난 선비'라 여겨 천거한 적이 있었다.

擎雨蓋(경우개) : 비를 막는 덮개를 받쳐 들다. 여기서는 연잎을 가리킨다. '경(擎)'은 '떠받들다'는 뜻이다.

傲霜枝(오상지) : 서리에 맞서는 가지. 여기서는 유경문을 비유한다.

橙(등) : 등자(橙子), 오렌지.

〈남쪽 호수의 이른 봄〉, 백거이

男湖(남호) : 팽려호(彭蠡湖). 즉, 파양호(鄱陽湖)를 말하며 강서성(江西省) 북부, 장강 남해안에 있는 중국 최대의 담수호.

晴(청) : 개다, 맑다.

返照(반조) : 동쪽으로 비치는 저녁 햇빛.

亂點碎紅(난점쇄홍) : 붉은 꽃잎이 부서지듯 여기저기 흩어짐.

平鋪(평포) : 평평하게 펴놓다.

水蘋(수빈) : 물에 뜬 부평초.

翅低(시저) : 날개가 처지다.

仍(잉) : 오히려.

舌澀(설삽) : 혀 놀림이 거북하다. 이른 봄이라 우는 소리가 서투르다는 뜻.

黃鸝(황리) : 꾀꼬리.

不道(부도) : 말할 수 없다. 말하지 않는다.

江南(강남) : 장강(長江) 남쪽을 부르던 이름. 장강 하류 강소성, 안휘성, 절강성
의 농경지대로 예로부터 아름답고 넉넉한 곳.

年年(연년) : 해마다.

減(감) : 줄어들다.

〈강변에서 홀로 거닐며 꽃구경을 하며〉, 두보

江畔(강반) : 개울가. 지금의 사천성(四川省) 성도(成都) 서쪽 인근 완화계(浣花
溪)를 이른다.

獨步(독보) : 홀로 걷다.

尋(심) : 찾다.

被花(피화) : 꽃으로 뒤덮이다.

惱不徹(뇌불철) : 고민스럽다. 걱정스럽다. 이 시에서는 안절부절하는 모습을
표현한 감탄사로 보는 것이 자연스럽다.

顚狂(전광) : 미칠 것 같은 상황. 좋은 의미로 미칠 지경이 되다.

走覓(주멱) : 달려가 찾다.

旬(순) : 열흘

床(상) : 침상

〈봄밤〉, 소식

宵(소) : 밤.

一刻(일각) : 한 시의 첫째 시각(時刻), 곧 15분. 짧은 시간.

値(치) : 가치가 있다.

陰(음) : 그늘.

歌管(가관) : 노래와 피리. 음악을 이른다.

細細(세세) : 매우 가는 모양.

鞦韆(추천) : 그네.

沉沉(침침) : 밤이 깊어 조용한 모양.

〈백거이를 양주에서 처음 만나 술자리에서 받은 시에 답하여〉, 유우석

酬(수) : 답하다.

樂天(낙천) : 백거이의 자.

揚州(양주) : 지금의 강소성 양주시. 상업이 발달하고 술집이 매우 많았다.

見贈(견증) : 받다.

巴山楚水(파산초수) : 파산과 초수는 지금의 사천, 호남, 호북성 일대를 이른다.
유우석이 폄적된 후 낭주(朗州), 연주(連州), 기주(夔州), 화주(和州) 등을 거쳤
는데 이를 가리킨다.

二十三年(이십삼년) : 당 순종(順宗) 영정(永貞) 원년(805) 유우석이 연주자사
로 폄적된 후 보력(寶曆) 2년(826) 겨울 부름을 받기까지 22년이 걸렸다. 폄적
지가 장안에서 멀어 실제로는 다음 해야 도착했을 것이니 23년이 맞을 것이다.

棄置(기치) : 버려두다.

聞笛賦(문적부) : 서진(西晉) 상수(向秀)의 〈사구부(思舊賦)〉를 이른다. 위나라
말엽 상수의 벗인 혜강(嵇康), 여안(呂安)이 사마씨의 권력 찬탈에 불만을 가졌
다가 피살되었는데 나중에 상수가 그들의 옛집을 지나며 피리 소리를 듣고 슬
픔을 이기지 못하고 이 글을 지었다고 한다. 유우석은 이 이야기를 빌어 뜻을
같이 하였다가 이미 고인이 된 왕숙문(王叔文)과 유종원(柳宗元) 등을 그리워
한 것이다.

翻(번) : 도리어.

爛柯人(난가인) : 썩은 도끼자루를 잡은 사람. 진(晉) 나라 사람 왕질(王質)이
나무를 하러 갔다가 두 동자가 바둑 두는 것을 구경하였는데 바둑이 끝나고 보
니 수중의 도끼자루가 이미 썩어있었다. 집으로 돌아오자 이미 100년이 지나
아는 사람이 이미 모두 죽고 없었다. 작자는 이 전고를 통해 자신이 23년 동안

펴적되어 있는 동안 세상도 변하고 인사(人事)도 예전과 같지 않아 느낀 감개를 펴낸 것이다.

側畔(측반) : 옆.

帆(범) : 돛단배.

歌一曲(가일곡) : 노래 한 곡조. 백거이(白居易)의 〈유우석에게 취하여 주다(醉贈劉二十八使君)〉를 이른다.

憑(빙) : 의지하다, 기대다.

長(장) : 증진하다. 진작하다.

〈매화 찾아 눈길을 나서다〉, 맹호연

數九(수구) : 동짓날부터 81일간. 한겨울. 동지섣달.

寒天(한천) : 겨울하늘. 겨울철.

飄(표) : 나부끼다.

紛飛(분비) : 어지럽게 날리다.

似(사) : 같다.

鵝(아) : 거위.

辭(사) : 사양하다.

風霜(풍상) : 바람과 서리. 모진 고생을 의미한다.

踏雪(답설) : 눈을 밟으며 설경을 감상하다.

尋(심) : 찾다.

逍遙(소요) : 한가로이 이리저리 거닐다.

〈도를 깨닫다〉, 비구니

盡日(진일) : 종일.

尋(심) : 찾다.

芒鞋(망혜) : 미투리. 삼, 모시 등으로 삼은 신.

踏破(답파) : 끝까지 두루 걸어서 돌아다니다.

嶺頭(영두) : 재의 맨 꼭대기.

拈(염) : 집다, 집어 들다.

嗅(후) : (냄새를) 맡다.

枝頭(지두) : 가지의 끝.

十分(십분) : 충분히, 넉넉히.

〈매화를 찾아〉, 석원조

催(최) : 재촉하다.

瘦(수) : 여위다.

肩(견) : 어깨.

空(공) : 공연히.

倚(의) : 기대다.

憶(억) : 떠올리다. 추억하다.

去年(거년) : 작년.

〈학림사 승방에 쓰다〉, 이섭

鶴林寺(학림사) : 절 이름. 지금의 강소성(江蘇省) 진강시(鎭江市) 남쪽에 있다.

僧舍(승사) : 승려가 불상을 모셔 놓고 불도를 닦으며 교법을 펴는 곳.

昏昏(혼혼) : 어두운 모양. 마음이 흐린 모양.

偸得(투득) : 훔쳐서 얻다.

浮生(부생) : 덧없는 인생

〈어린 아들을 생각하며〉, 두보

驥子(기자) : 본래 재능이 출중한 인재를 뜻하는데 여기서는 두보의 둘째 아들 종무(宗武)의 아명(兒名)을 이른다. 두보는 〈마음을 달래며(遣興)〉에서 "기자는 보기만 해도 좋은 아들 녀석인데 지난해 한창 말이 터져 배울 때 집에 온 사람의 성을 물으면 알아맞히고 아버지가 지은 시를 줄줄 외웠네.(驥子好男兒, 前年學語時. 問知人客姓, 誦得老父詩)"라 한 적이 있다.

春猶隔(춘유격) : 봄이 되어도 떨어져 있다. 두보는 그 전해 8월에 반란군에 잡혀 장안에 억류된 후로 이때까지 가족들을 만나지 못하였다.

渠(거) : 그(3인칭). 여기서는 아들 종무를 가리킨다.

炙背(자배) : 등에 햇볕을 쬐다.

俯(부) : 엎드리다.

晴軒(청헌) : 날이 갠 창문.

〈초여름 잠에서 깨어〉, 양만리

제목 : 〈한가로이 지내며 초여름에 낮잠에서 깨어(閑居初夏午睡起)〉로 되어 있는 판본도 있다.

梅子(매자) : 매실.

流酸(유산) : 신맛의 즙.

濺(천) : 튀어 흩어지다.

芭蕉(파초) : 파초과에 속하는 여러해살이풀.

分綠(분록) : 푸른빛을 나누다. 파초의 푸른 잎이 여러 가닥으로 나누어져 있는 것을 가리킨다.

無情思(무정사) : 느낌이나 생각이 없다. 잠에서 막 깨어 멍한 상태를 말한다.

捉柳花(착류화) : 버들꽃을 잡다.

〈장맛비 내리는 망천장에서 짓다〉, 왕유

積雨(적우) : 궂은비. 장맛비.

輞川莊(망천장) : 망천에 있는 별장. 섬서성(陝西省) 남전현(藍田縣) 망천진(輞川鎮)의 종남산(終南山) 기슭에 있다.

空林(공림) : 인적 없는 숲.

煙火遲(연화지) : 연기가 더디 피어오르다. 오랫동안 내린 비로 습기가 많아져서 밥 짓는 연기가 잘 올라가지 못한다는 말이다.

藜(려) : 명아주.

炊黍(취서) : 기장밥을 짓다.

餉(향) : (음식을) 보내다.

菑(치) : 밭.

漠漠(막막) : 드넓게 펼쳐진 모양.

水田(수전) : 논.

陰陰(음음) : 수목이 울창하여 녹음을 이룬 모양.

囀(전) : 지저귀다.

黃鸝(황리) : 꾀꼬리.

習靜(습정) : 맑고 고요한 심성을 익히다. 수양하다.

朝槿(조근) : 무궁화. 여름과 가을 사이에 꽃이 피는데 아침에 폈다가 저녁에 오므려진다.

清齋(청재) : 소식(素食)하다. 불가에서 수행의 한 방법으로 고기는 먹지 않고 채소만 먹는 것을 가리킨다. 왕유는 불교에 심취하여 소식하면서 냄새 나는 음식과 비린 음식을 먹지 않았다.

露葵(노규) : 아욱.

野老(야로) : 시골 노인. 왕유 자신을 가리킨다.

爭席(쟁석) : 자리를 다투다. 여기서는 개인적인 이득과 권력을 놓고 다투는 것을 말한다.

罷(파) : 그만두다.

海鷗(해구) : 갈매기. 이 구절은 자신이 이미 세속적인 욕망을 깨끗이 버리고 청정한 은자(隱者)의 삶을 추구하고 있음을 선언하였으나 의심하는 무리가 있음을 말한 것이다. 《열자(列子)·황제(黃帝)》에 "바닷가에 갈매기를 좋아하는 자가 있었는데 매일 아침 바닷가에서 갈매기와 놀았다. 수없이 많은 갈매기들이 날아와서는 그를 졸졸 따라다녔다. 그의 아버지가 '갈매기들이 모두 너를 따라다니며 논다고 하니 네가 잡아 오면 내가 집에 두고 감상하마.'라 했다. 다음날 바닷가로 갔더니 갈매기들이 하늘에서 춤출 뿐 내려오지 않았다."라는 이야기가 있다.

〈빗속에 큰딸아이 가는 걸 만류하며〉, 김시보

挽(만) : 만류하다.

田家(전가) : 농가.
淹(엄) : 머무르다.
卯時(묘시) : 십이시 중 넷째 시로 오전 5-7시 사이.
漾(양) : (물이) 출렁거리다.
萍(평) : 개구리밥.
棲(서) : 살다. 쉬다.
埭(태) : 보(洑 : 논에 물을 대기 위한 수리 시설의 하나)
撲(박) : 치다.
莫謾(막만) : 쓸데없이 -하지 말아라.
整(정) : 정돈하다.
驂(참) : 곁마(마차 옆에 따라가는 말). 여기서는 말을 이른다.

〈관사의 작은 정자에서 한가로이 바라보며〉, 백거이

淸韻(청운) : 맑은 소리.
槐(괴) : 홰나무.
凝(응-) : 엉기다.
人吏(인리) : 관아에서 말단 업무를 보는 아전.
茅茨(모자) : 띠로 만든 집. 여기서는 소박한 관사를 이른다.
葛衣(갈의) : 갈포로 만든 옷.
禦(어) : 막다.
時暑(시서) : 여름 더위.
蔬飯(소반) : 고기반찬이 없는 변변치 못한 밥.
療(료) : 고치다.
朝飢(조기) : 이른 아침 공복일 때 느껴지는 속이 빈 느낌.
持(지) : 지니다, 가지다.
聊(료) : 그런대로.
罷(파) : 그만두다.
太白(태백) : 산 이름. 섬서(陝西) 미현(眉縣) 동남쪽에 있다.
陶潛(도잠) : 도연명(陶淵明, 연명은 자). 중국 육조 시대 동진의 시인으로 기교를 부리지 않은 담박한 시풍이 특징이다.

良(량) : 진실로.

玆(자) : 여기, 이곳.

回謝(회사) : 또 다시 말하다.

甘(감) : 기꺼이.

嗤(치) : 비웃다.

〈취했다 깨어〉, 황경인

聞(문) : (냄새를) 맡다.

薝蔔(담복) : 치자나무의 꽃.

綠雲(녹운) : 푸른 구름. 여인의 풍성하고 윤기 있는 머리칼을 비유한다.

夜來(야래) : 간밤, 밤새.

掩扉(엄비) : 사립문을 닫다.

陰(음) : 남모르게.

〈괴로운 더위〉, 왕유

火雲(화운) : 여름철의 구름.

焦卷(초권) : (초목이나 작물이) 시들다. 오그라들다.

山澤(산택) : 산천.

竭涸(갈학) : 말라서 물이 없어지다.

輕紈(경환) : 가볍고 질이 좋은 비단.

莞簟(완점) : 자리. '莞'은 부들잎으로 만든 것을, '簟'은 대나무로 만든 것을 가리

킨다.

絺綌(치격) : 갈포. 칡으로 만든 실 가운데 가는 것을 '絺'라 하고, 굵은 것을 '綌'

이라고 한다.

曠然(광연) : 텅 빈 모양. 탁 트인 모양.

寥廓(요확) : 텅 비고 끝없이 넓다.

長風(장풍) : 큰바람. 먼 데서 온 바람.

煩濁(번탁) : 번잡함. 여기서는 무더위를 가리킨다.
蕩(탕) : 씻다.
甘露門(감로문) : 감로와 같은 열반에 이르는 문. 즉 불가의 가르침을 뜻한다.
宛然(완연) : 분명한 모양. 또렷한 모양.

〈복날〉, 유극장

伏日(복일) : 복날. 초복, 중복, 말복이 되는 날.
屋山(옥산) : 용마루.
蟬(선) : 매미.
風軒(풍헌) : 창문과 난간이 달린 작은 방.
散髮(산발) : 머리를 풀다. 평소에는 머리를 단정히 묶고 관모를 쓰기 때문에
머리를 풀었다는 것은 어디에도 매이지 않고 자유롭게 행동한다는 뜻이다.
老子(노자) : 늙은 사람. 여기서는 스스로를 가리킨다.
長物(장물) : 불필요한 물건. 좋은 물건.
陶詩(도시) : 도연명(陶淵明)의 시. 도연명은 동진 때 시인으로, 관직을 그만 두
고 전원에 귀의하여 평담하고 진실한 작품을 썼다.
枕屏(침병) : 가리개, 머릿병풍.

〈밤에 배를 타고 아내와 술을 마시며〉, 매요신

家人(가인) : 아내.
斷岸(단안) : 깎아 세운 듯한 언덕. 강변의 절벽.
別舸(별가) : 떠나가는 배.
背(배) : 등, 뒤.
頗勝(파승) : 매우 뛰어나다.
俗客(속객) : 속된 사람. 멋과 품격이 없는 사람을 얕잡아 일컫는 말.
暝色(명색) : 해질 무렵의 어둑어둑한 빛.
稍(초) : 점점.
秉燭(병촉) : 촛불을 손에 들다.

〈초가을 몹시 더운 데다 문서는 끊임없이 쌓여가고〉, 두보

堆案(퇴안) : 쌓여있는 문서.

相仍(상잉) : 끊이지 않고 이어지는 것을 가리킨다.

炎蒸(염증) : 찜통더위. 음력 6월을 달리 이르는 말로도 쓰인다.

暫餐(잠찬) : 짧은 식사 시간. 밥 먹을 때.

蝎(갈) : 전갈.

況乃(황내) : 하물며.

轉(전) : 점차.

蠅(승) : 파리.

束帶(속대) : 관을 쓰고 띠를 매다. 관복을 가리킨다.

簿書(부서) : 관청의 문서와 장부.

架(가) : 건너지르다, 얽어매다.

壑(학) : 골짜기.

赤脚(적각) : 맨발.

層氷(층빙) : 층층이 얼어붙어 두터워진 얼음.

〈막 비가 갠 후 산 위에 달이 떠〉, 문동

漏(루) : 새다, 틈이 나다.

疏月(소월) : 성긴 달빛. 성근 가지 사이로 달빛이 비추는 것을 이른다.

及(급) : 이르다.

寐(매) : 자다.

怯(겁) : 겁내다.

墜(추) : 떨어지다.

伴(반) : 동반하다.

苦吟(고음) : 고심하여 시나 노래를 지음.

絡緯(낙위) : 베짱이. 보통 가을철의 귀뚜라미와 혼용함.

〈여관에 묵으며〉, 두목

旅宿(여숙) : 여행하며 묵다.
良伴(양반) : 좋은 짝. 좋은 친구.
凝情(응정) : 마음을 쏟다. 생각을 집중하다.
悄然(초연) : 고요하다.
斷雁(단안) : 무리를 잃은 외로운 기러기. 여기서는 기러기가 밤하늘을 날아가
며 우는 소리를 가리킨다.
愁眠(수면) : 시름 속에 잠자다.
遠夢(원몽) : 먼 곳으로 찾아가는 꿈. 여기서는 고향을 찾아간 꿈을 가리킨다.
侵曉(침효) : 새벽이 되다.
隔年(격년) : 해가 지나다.
滄江(창강) : 강물.
煙月(연월) : 안개에 덮인 달.
繫(계) : 배를 매어 놓다.
釣魚船(조어선) : 낚싯배. 이 연은 자기 고향의 정경을 그린 것이다.

〈술을 마시며〉, 도연명

裛露(읍로) : 이슬에 젖음. 읍은 향내 같은 것이 배어드는 것을 이른다.
掇(철) : 따다, 줍다.
汎(범) : 띄우다.
忘憂物(망우물) : 근심을 잊게 하는 물건, 즉 술을 이른다.
遠(원) : 많다, 깊다.
遺世情(유세정) : 세상을 버린 심정, 세상사를 모두 잊고 은자로 사는 마음을 이
른다.
觴(상) : 술잔.
進(진) : 올리다. 여기서는 술을 마신다는 뜻이다.
壺(호) : 술병, 술주전자.
趣(추) : 종종걸음하다. 여기서는 새가 급히 날아가는 것을 이른다. 이 두 구는

〈시자(尸子)〉에 "낮에는 움직이고 밤에는 쉬는 것이 하늘의 도리이다."를 인용하여 천지의 이치에 순응하여 본연의 모습으로 돌아가는 것을 말하였다.

嘯傲(소오) : 휘파람 불어 속을 시원하게 해 스스로 우쭐해짐을 느끼다. 구속됨이 없이 자유로운 상태를 이른다.

東軒(동헌) : 동쪽 창문.

聊(료) : 그런대로, 잠시나마.

〈도연명을 모방하여〉, 위응물

效(효) : 본받다, 배우다.

陶彭澤(도팽택) : 도연명(陶淵明)을 가리킨다. 그가 팽택(彭澤, 지금의 강서성 구강시(九江市))의 현령으로 지냈기에 그렇게 이른다.

悴(췌) : 시들다.

寒暑(한서) : 추위와 더위.

奈何(내하) : 어찌 할까.

掇英(철영) : 꽃을 따다.

濁醪(탁료) : 탁주.

茅檐(모첨) : 초가집의 처마.

多(다) : 많다. 많이 소유하고 오래 사는 것 같은 욕망의 많음을 이른다.

〈국화전〉, 최영년

采采(채채) : 많이 캐는 모양.

東籬(동리) : 동쪽 울타리. 국화를 심은 곳을 이른다. 도연명의 〈음주(飮酒)〉의 "동쪽 울타리에서 국화를 따는데 멀리 남산이 눈에 들어오네.(採菊東籬下, 悠然見南山)"라는 구에서 유래하였다.

詞客(사객) : 시문을 짓는 사람.

侑(유) : 권하다.

壺觴(호상) : 술병과 술잔.

蓄(축) : 쌓다. 모으다.

腥臊氣(성조기) : 비린내. 상스러운 기운.

〈장안의 늦가을〉, 조하

雲物(운물) : 구름의 색깔.
淒涼(처량) : 쓸쓸하고 서늘하다.
拂曙(불서) : 날이 막 밝아 동이 틀 무렵.
漢家宮闕(한가궁궐) : 한나라 궁궐. 여기서는 당나라의 궁전을 이른다.
動(동) : 요동치다. 여기서는 한창이라는 뜻이다.
高秋(고추) : 하늘이 맑고 높아지는 가을. 깊은 가을을 이른다.
殘星(잔성) : 새벽녘의 별. 남은 별.
長笛(장적) : 옛날의 피리 이름.
紫艷(자염) : 곱고 아름다운 자줏빛.
籬(리) : 울타리.
渚(저) : 물가.
鱸魚正美(노어정미) : 농어의 맛이 한창이다. 《진서(晉書)·문원전(文苑傳)》에
따르면, 서진(西晉)의 장한(張翰)은 오땅 사람인데 종사관(從事官)으로 있다가
어느 날 가을바람이 불어 오자 고향 땅의 별미인 농어회와 순채로 끓인 국을 그
리워하여 탄식하기를 '인생살이 마음에 맞는 것을 하는 것이 귀중한데 어찌 천
리 타향에서 명성과 관직 따위를 바란단 말인가.'라 하고는 마침내 벼슬을 버리
고 고향으로 돌아갔다고 한다. '순갱노회(蓴羹鱸膾)'라는 사자성어도 참고할 수
있다.
戴(대) : 쓰다, (머리에) 이다.
南冠(남관) : 남쪽 지방 초(楚)나라의 관(冠)으로, 포로를 지칭한다. 춘추시대
초나라 악공인 종의(鍾儀)가 진나라에 잡혀가 포로로 갇혀 있으면서도 항상 고
국을 그리워하여 초나라 관(남관)을 쓰고 있었다는 고사에서 유래한다.
學(학) : 흉내 내다.

〈칠월 십칠일 밤 새벽에 일어나 아침까지 이르다〉, 육유

五更(오경) : 하룻밤을 다섯으로 나누었을 때의 다섯째 부분으로 새벽 4-6시를
이른다.

秋容(추용) : 가을의 모습, 가을 경치.

淡(담) : 맑다.

高枕(고침) : 베개를 높이 베다. 안락하고 근심없는 생활을 의미하는데 여기서
는 관직을 떠나 마음 편히 은거하는 것을 가리킨다.

年華(연화) : 꽃다운 시절.

短檠(단경) : 짧은 등잔걸이. 당나라 시인 한유(韓愈)의 「단경가(短檠歌)」에서
한미했던 시절에 가까이 두었던 것은 소박하고 쓰기 편한 짧은 등잔걸이라 하
였는데, 보잘것없는 처지를 비유한다.

固(고) : 진실로.

淸嘯(청소) : 휘파람을 맑게 불다.

蓬窗(봉창) : 쑥대로 얽은 창문. 허술하고 누추한 집을 이른다.

〈모진 추위〉, 양만리

苦寒(고한) : 모진 추위.

畏暑(외서) : 두려울 만큼 더운 더위.

繞(요) : 두르다. 감싸다.

卻(각) : 도리어.

斜日(사일) : 지는 해. 비낀 햇살.

著(착) : 붙다.

可人(가인) : 마음에 들다. 만족스럽다.

〈눈을 읊다〉, 오징

臘(납) : 음력 12월.

鴻鈞(홍균) : 큰 수레바퀴. 균(鈞)은 도자기를 만들 때 쓰는 물레의 바퀴.

殘(잔) : 남다.

剪冰(전빙) : 얼음을 자르다.

天壇(천단) : 중국에서 천자가 천제(天帝)에게 제사 지내는데 쓰는 제단.

剩添(잉첨) : 보태다.

吳楚(오초) : 옛날 오나라와 초나라 땅. 이곳은 지금의 강소성, 절강성, 안휘성, 호북성을 아우르는 중국의 강남땅이다.

秦淮(진회) : 남경(南京)을 지나 양자강으로 흐르는 운하의 이름이다.

婆娑(파사) : 너울너울 맴돌며 춤추는 모양.

偃蹇(언건) : 거드름을 피우며 거만함. 소나무가 웅크린 모양을 이른다.

橫笛(횡적) : 입에 가로 대고 부는 피리.

瓊花(경화) : 구슬 꽃. 여기서는 눈송이를 가리킨다.

〈동백꽃〉, 관휴

裁(재) : 마름하다.

染(염) : 적시다. 물들이다.

囿(유) : 동산.

猩(성) : 붉은빛.

謬(류) : 그르치다. 어긋나다.

朵(타) : 송이.

墮(타) : 떨어지다.

孫秀(손수) : 서진의 신하. 서진의 대부호 석숭(石崇)에게 녹주(綠珠)라는 첩이 있었는데, 손수(孫秀)가 눈독을 들여 석숭에게 녹주(綠珠)를 달라고 하였다. 석숭이 거절하자 손수는 그를 무고하였다. 집에 병사가 들이 닥치자 석숭은 자신이 녹주 때문에 죄를 얻었다고 탄식하였고 그 말을 듣고 녹주는 죽음으로 보답하겠다며 투신했다고 한다.

〈동짓날 밤에〉, 백거이

襟懷(금회) : 마음속의 회포.

漫落(확락) : 세상에 쓰이지 않아 실의에 빠진 모양.

鬚鬢(수빈) : 수염과 머리털.

轉(전) : 점점, 더욱더.

蒼浪(창랑) : 희끗희끗하다.

心灰(심회) : 식은 재와 같이 의기나 기세가 사그라든 마음.

爐(로) : 화로.

砌(체) : 섬돌.

三峽(삼협) : 장강삼협(長江三峽). 장강의 상류 쪽인 사천성 봉절현(奉節縣)과 호북성 의창현(宜昌縣) 사이에 있다.

南賓城(남빈성) : 지금의 중경에서 삼협으로 가는 풍도(酆都) 옆에 있는 성.

偏(편) : 기어코. 유독.

宵(소) : 밤.

始(시) : 비로소.

房櫳(방롱) : 본래는 격자창을 의미하나 여기서는 방을 가리킨다.

坐(좌) : 드디어, 마침내.

孟光(맹광) : 동한(東漢)의 은자 양홍(梁鴻)의 처. 부부가 은거하면서 살았는데, 양홍이 다른 집에 고용되어 일을 하자 매 끼니 부인이 밥상을 눈썹 높이까지 올려 가져다주며 남편에 대한 공경을 나타냈다고 한다. 여기서는 시인의 아내를 가리킨다.

〈세밑 밤에 회포를 읊어〉, 유우석

歲夜(세야) : 섣달 그믐밤. 제야.

彌年(미년) : 한 해가 지나다, 혹은 몇 해가 지나다.

不得意(부득의) : 뜻을 얻지 못하다. 마음먹은 대로 되지 않다.

念(념) : 아끼다, 그리워하다.

同遊者(동유자) : 함께 어울렸던 사람.

自在(자재) : 막히지 않고 자유롭다.

補(보) : 갚다, 채우다.

蹉跎(차타) : 이룬 것 없이 나이만 먹다.

幽居(유거) : 고요한 거처, 은거지.
見過(견과) : 찾아오다.

〈계유년 제야에 애도하여〉, 심의수

殘臘(잔랍) : 음력 섣달그믐날.
繐帳(세장) : 가늘고 성긴 베로 만든 휘장. 여기서는 영정을 모신 방에 두른 흰 휘장을 뜻한다.
長(장) : 오래도록, 영원히.
纏(전) : 얽혀 있다. 서려 있다.
拂(불) : 지나가다, 떨쳐내다.
霽(제) : (눈이나 비 등이) 개다.
愴然(창연) : 슬퍼하는 모양.

〈세밑에 고향에 이르러〉, 장사전

及辰(급신) : 좋은 때에 맞추다.
針線(침선) : 바느질.
憐(련) : 불쌍히 여기다.
清瘦(청수) : 홀쭉하게 야위다.
低徊(저회) : 머리를 숙이고 생각에 잠겨 배회하다.
人子(인자) : 자식.
風塵(풍진) : 바람에 날리는 먼지. 속된 세상을 이른다.

〈새해〉, 유창

消(소) : 녹다, 사라지다.
漏(루) : 새다.
直(직) : 다만, 겨우.
身世(신세) : 일신상의 처지와 형편.

委(위) : 맡기다.
天均(천균) : 하늘의 공평한 이치.

작가 소개

관휴(貫休, 832~912) : 당나라 말과 오대(五代)의 시승으로, 무주(婺州) 난계(蘭溪, 지금의 절강성 난계시) 사람이다. 속성은 강(姜)이고 자는 덕은(德隱), 호는 선월(禪月)이다. 7세에 안계의 안화사(安和寺)에서 출가하였다. 15, 16세부터 시로 이름을 날렸고 각지를 주유하며 당시 여러 시인과 수창하였다. 서화에 뛰어나고 특히 초서를 잘 썼다. 스스로 편집한 시집《서악집(西岳集)》이 있다.

김시보(金時保, 1658~1734) : 조선 후기의 문신으로, 자는 사경(士敬)이며 호는 모주(茅洲)이다. 본관은 안동(安東)이다. 음보(蔭補)로 관직에 나아가 공조좌랑(工曹佐郞), 무주부사(茂朱府使), 고성군수(高城郡守) 등을 거쳐 도정(都正)에 올랐다. 풍류를 좋아하고 진경시에 뛰어났다.《모주집》이 있다.

도연명(陶淵明, 365?~427) : 동진(東晉) 말에서 송(宋) 초의 시인으로 심양군(尋陽郡) 시상현(柴桑縣, 지금의 강서성 구강(九江)) 사람으로 이름은 잠(潛)이고 자가 원량(元亮), 연명이며 별호가 오류선생(五柳先生)이다. '은일시인 가운데 으뜸' '전원시파의 비조'로 일컬어진다. 일찍이 강주좨주(江州祭酒), 건위참군(建威參軍), 진군참군(鎭軍參軍), 팽택현령(彭澤縣令) 등을 지냈다. 팽택현령에 부임한 지 80여 일만에 그만두고 전원으로 귀은하였다. 기교를 부리지 않고, 평담(平淡)한 시풍이어서 당시에는 별로 주목받지 못했지만 당대 이후는 육조(六朝) 최고의 시인으로서 그 이름이 높아졌다. 《도연명집(陶淵明集)》이 있다.

두목(杜牧, 803~852) : 당나라 경조(京兆) 만년현(萬年縣, 지금의 섬서성(陝西省) 서안시(西安市)) 사람으로 재상(宰相) 두우(杜佑)의 손자이며 자가 목지(牧之)이고 호가 번천(樊川)이다. 문종(文宗) 대화(大和) 2년(828)에 진사에 급제한 후 황주(黃州), 지주(池州), 목주(睦州), 호주(湖州) 등의 자사(刺史)를 역임했으며, 관직이 중서사인(中書舍人)에 이르렀다. 그의 시는 오랜 기간의 지방관 생활을 바탕으로 한 화려하고 감각적인 도시생활의 묘사나 기녀와 보살, 고관의 애첩 등을 대상으로 한 염정적인 시가 두드러진다. 아울러 국운에 대한 근심과 현실에 대한 좌절감을 역사적 사실에서 소재를 취하여 표현함으로써 두보의 만년 작품과 풍격이 비슷하여 '소두(小杜)'라 불렀다. 《번천시집(樊川詩集)》 4권이 있다.

두보(杜甫, 712~770) : 당나라 양양(襄陽, 지금의 호북성 양양현

(襄陽縣)) 사람으로 증조부 때 공현(巩縣, 지금의 하남성 공의현(巩義縣))으로 옮겼다. 자(字)가 자미(子美)이다. 젊은 시절 여러 곳을 떠돌다가 장안(長安)으로 돌아와 관직을 구했으나 뜻대로 되지 않자 10여 년을 한가로이 지냈다. 안사(安史)의 난이 일어나자 가족들을 부주(鄜州) 강촌(羌村)으로 피난시키고 자신은 숙종(肅宗)이 있는 영무(靈武)로 가다가 반군에게 붙잡혔으며, 반군에게서 탈출하여 봉상(鳳翔)의 행재소로 가 숙종을 알현하고 좌습유(左拾遺)에 임명되었다. 그러나 재상 방관(房琯)의 파직이 부당함을 상소하다 숙종의 노여움을 사 화주사공참군(華州司空參軍)으로 좌천되었으며, 숙종 건원(乾元) 2년(759) 관직을 그만두고 진주(秦州)를 거쳐 성도(成都)로 가 초당을 짓고 은거하였다. 이때 사천절도사(四川節度使) 엄무(嚴武)의 추천을 받아 절도참모(節度參謀), 검교공부원외랑(檢校工部員外郞) 등을 지냈으며 이로 인해 그를 '두공부(杜工部)'라 칭한다. 엄무가 죽은 뒤 촉 지방을 떠나 유랑하다 상강(湘江) 가에서 병사하였다. 그의 시는 당나라 성쇠의 과정을 그대로 반영하고 있어 세칭 '시사(詩史)'라고 불리며, 엄격한 격률과 치밀하고 정련된 형식미로 인해 당대 율시의 완성자로 꼽혀 시성(詩聖)으로 불린다. 《두소릉집(杜少陵集)》 60권에 1,400여 수의 시가 전한다.

매요신(梅堯臣, 1002~1060) : 송나라 시인으로 안휘성(安徽省)

선성(宣城) 출신이다. 자는 성유(聖兪), 호는 완릉(宛陵)이다. 처음에 과거에 급제하지 못하고 음직으로 하남주박(河南主簿)이 되었다. 50세가 넘어서야 진사로 뽑혀서 태상박사(太常博士)가 되었다. 구양수(歐陽修)의 추천으로 국자감직강(國子監直講)이 되었고, 그 후에 상서도관원외랑(尙書都官員外郎)을 지냈다. 성당(盛唐)의 시를 모범으로 삼아 새로운 송시(宋詩)의 개조(開祖)가 되었다. 저서로《완릉선생집(宛陵先生集)》60권이 있다.

맹호연(孟浩然, 689~740) : 당나라 양주(襄州) 양양(襄陽, 지금의 호북성 양양시(襄陽市)) 사람으로 본명은 호(浩)이고 자가 호연(浩然)이며 호는 맹산인(孟山人)이다. 일찍이 녹문산(鹿門山)에 은거하다가 과거시험에 응시하였으나 낙방하자 고향으로 돌아가 다시 돌아갔다. 잠시 벼슬을 하기도 했으나 전원생활을 즐기면서 자연의 한적한 정취를 노래하였다. 일찍이 왕유(王維)의 천거로 현종(玄宗)을 배알했을 때 자신이 지은 시를 올렸다가 '재능이 없어 현명하신 임금님께서 버리셨다.(不才明主棄)'라는 구절이 현종의 노여움을 사서 벼슬길에 나아갈 기회를 놓치고 말았다는 일화가 있다. 격조 높은 시로 산수의 아름다움을 읊어 왕유와 함께 '산수 시인의 대표자'로 불린다. 저서로《맹호연집(孟浩然集)》4권이 있다.

문동(文同, 1018~1079) : 북송 재주 영태(梓州 永泰, 지금의 사천성 재동(梓潼)) 사람으로 자는 여가(輿可), 호는 소소선생(笑笑先生), 석실석생(石室先生), 금강도인(錦江道人), 경강도인(鏡江道人) 등이다. 최후의 관직이 지호주(知湖州, 절강성 오흥(吳興))여서 문호주(文湖州)라고 불린다. 황우 원년(1049)에 진사가 된 후 지방관, 경관(京官)을 역임하고, 원풍 원년(1078) 지호주에 임명되어 이듬해 부임 도중 사망하였다. 박학하고 시문, 서예에 뛰어났다. 고목(枯木)과 묵죽을 잘 그려 문인화가에 큰 영향을 주었다. 시문집에《단연집(丹淵集)》이 있다.

백거이(白居易, 772~846) : 당나라 하규(下邽, 지금의 섬서성(陝西省) 위남현(渭南縣)) 사람으로 자가 낙천(樂天), 호가 취음선생(醉吟先生) 또는 향산거사(香山居士)이다. 원화(元和) 10년(815) 재상(宰相) 무원형(武元衡)을 살해한 범인을 잡으라는 상소를 올렸다가 도리어 강주(江州, 지금의 강서성(江西省) 구강시(九江市)) 사마(司馬)로 폄적되었다. 나중에 자사(刺史)·주객낭중(主客郎中)·지제고(知制誥)·중서사인(中書舍人)·형부시랑(刑部侍郎) 등의 관직을 역임했다. 원진(元稹)과 함께 신악부운동(新樂府運動)을 제창했고 「장한가(長恨歌)」와 「비파행(琵琶行)」 같은 낭만적인 작품도 유명하다. 《백씨장경집(白氏長慶集)》 75권이 있다.

석 원조(釋 元肇, 1189~1265) : 송나라 승려시인으로 자는 성도
(聖徒)이고 호는 회해(淮海)이며 통주(通州, 지금의 강소성) 사
람이다. 속성은 반(潘)씨이다. 당시 시승으로 명성이 있었다. 시
집으로《회해나음(淮海挐音)》이 전한다.

소식(蘇軾, 1036~1101) : 북송 미주(眉州) 미산(眉山, 지금의 사
천성 미산시(眉山市)) 출신으로 자는 자첨(子瞻)·화중(和仲),
호는 동파거사(東坡居士)이며 시호(諡號)는 문충(文忠)이다. 북
송의 저명한 문학가이자 서화가, 산문가, 시인이다. 산문에 있어
아버지 소순(蘇洵), 동생 소철(蘇轍) 등과 더불어 당송팔대가(唐
宋八大家)의 하나였고, 시에 있어 진실한 감정을 자연스럽게 드
러내었으며 인생과 사회에 대한 문제의식을 철학적으로 승화시
켜 새로운 송시 특징을 개척하였으며 사에 있어도 호방사파(豪
放詞派)의 창시자이기도 하다. 중서사인(中書舍人), 한림학사지
제고(翰林學士知制誥), 병부상서(兵部尙書), 예부상서(禮部尙
書) 등의 중앙관직을 지내기도 하였지만 대부분을 지방관으로
전전하였으며 황주(黃州), 혜주(惠州), 담주(儋州), 해남도(海南
島) 등지에서 10여 년 유배생활을 했다.《소동파전집(蘇東坡全
集)》,《소식시집(蘇軾詩集)》,《동파악부(東坡樂府)》등이 있다.

심의수(沈宜修, 1590~1635) : 명나라 오강(吳江, 지금의 강소성

오강) 출신이다. 자가 완군(宛君)이다. 시인 심충(沈珫)의 장녀이자 저명한 희곡가인 심경(沈璟)의 조카딸로, 어려서부터 총명하여 경서와 역사서에 능통하였고, 집안의 문학적 분위기에 영향을 받아 문장과 시사가 빼어났다. 16세에 같은 읍의 섭소원(葉紹袁)과 혼인하였다. 섭소원은 천계(天啓) 5년(1625)에 진사가 되고 공부주사(工部主事)를 지낸 적이 있으나, 타고난 성품이 벼슬에 맞지 않아 그만두고 고향에 내려갔다. 숭정(崇禎) 9년(1636) 아내와 자녀들의 시문을 모아《오몽당집(午夢堂集)》을 편찬하였다. 심의수의 문집으로는《이취집(鸝吹集)》이 있다.

양만리(楊萬里, 1127~1206) : 송나라 길주(吉州, 지금의 강서성) 사람으로 자는 정수(廷秀), 호는 성재(誠齋)이다. 소흥(紹興) 24년(1154)에 진사에 급제한 후 국자박사(國子博士), 이부원외랑(吏部員外郎), 태자시독(太子侍讀) 등을 역임했다. 육유(陸游), 우무(尤袤), 범성대(范成大)와 더불어 '남송사대가(南宋四大家)', '중흥사대시인(中興四大詩人)'으로 일컬어진다. 평생 2만여 수의 시를 썼다 알려졌으나 지금은 4000수 남짓 전한다. 금(金)에 대항해 싸울 것을 주장했으나 받아들여지지 않자 15년 동안을 칩거하다가 울분으로 병을 얻어 죽었다.《성재집(誠齋集)》이 있다.

오징(吳澄, 1249~1333) : 원나라 때 관리이자 학자로 임천군(臨

川郡) 숭인현(崇仁縣, 지금의 강서성 낙안현(樂安縣)) 사람이다. 자는 유청(幼淸), 백청(伯淸), 호는 창려선생(草廬先生)이다. 당 시 대유학자인 허형(許衡)과 더불어 '북허남오(北許南吳)'로 일 컬어진다. 원나라 유학의 전파와 발전에 중요한 공헌을 했다. 송 나라 때에 생원이 되었으나 나라가 망하자 고향에서 은거하여 저술에 전념했다. 1308년에 국자감승(國子監丞)으로 임명되었 고, 그 후에 한림학사(翰林學士), 경연강관(經筵講官)을 지냈다. 사후에 임천군공(臨川郡公)으로 추증되었고, 시호는 문정(文正) 이다. 《오문정공전집(吳文正公全集)》이 있다.

왕유(王維, 701~761) : 당나라 분주(汾州, 지금의 산서성(山西 省) 분양(汾陽)) 사람으로 자(字)가 마힐(摩詰)이다. 21세 때 진 사(進士)에 급제하여 태악승(太樂丞)에 임명되었으나 정치적인 부침이 있었다. 이림보(李林甫)가 정권을 장악하자 소극적으로 관직에 임했다. 숙종(肅宗) 건원(乾元) 2년(759) 관직이 상서우 승(尙書右丞)에 이르렀다. 그의 시는 불교의 영향을 많이 받아 그를 '시불(詩佛)'이라 부른다. 그림에도 뛰어나 소식(蘇軾)이 그 의 시와 그림을 평하여 "시 속에 그림이 있고, 그림 속에 시가 있 다(詩中有畫, 畫中有詩)"라고 말한 바 있다. 자연의 청아(淸雅) 한 정취를 노래한 작품이 뛰어나다. 《왕우승집(王右丞集)》 10권 이 있다.

우량사(于良史, 생졸년 미상) : 당나라 시인으로 현종(玄宗) 천보 (天寶) 연간 말에 벼슬을 시작하여 감찰어사(監察御史), 시어사 (侍御史)를 역임했고 서사절도사(徐泗節度使) 장건봉(張建封)의 종사(從事)를 지냈다. 시풍이 청아(淸雅)하고 자연묘사가 뛰어 나다. 《전당시(全唐詩)》에 시 7수가 수록되어 있다.

위응물(韋應物, 737~792) : 당나라 시인으로 경조(京兆) 두릉(杜 陵, 지금의 섬서성(陝西省) 서안시(西安市)) 사람이다. 젊어서 임협(任俠)을 좋아해 현종(玄宗)의 경호책임자가 되어 총애를 받 았다. 현종 사후에 학문에 정진해 진사에 급제한 후 관계에 진출 하여 저주(滁州)·강주(江州)의 자사(刺史) 등을 역임하였으며 소주자사(蘇州刺史)로 관직을 끝마쳐서 그를 '위소주(韋蘇州)'로 부르기도 한다. 그의 시는 대부분 산수전원의 아름다움을 묘사 하거나 은일 사상을 담아 왕유(王維)·맹호연(孟浩然)·유종원 (柳宗元) 등과 함께 '왕맹위류(王孟韋柳)'로 불리며 당대 산수시 파(山水詩派)를 대표한다. 《위소주집(韋蘇州集)》 10권이 있다.

유극장(劉克莊, 1187~1269) : 남송(南宋) 보전(莆田, 지금의 복건 성 보전시(莆田市)) 사람으로 자가 잠부(潛夫)이고 호는 후촌거 사(後村居士)이며 시호는 문정(文定)이다. 영종(寧宗) 가정(嘉 定) 2년(1209)에 음보로 관직에 들어섰으며, 도종(度宗) 함순(咸

淳) 4년(1268)에 용도각직학사(龍圖閣直學士)에 올랐다. 그의 시는 시사를 풍자한 내용이 많고 민생의 고초를 반영하고 있다. 저서로《후촌선생대전집(後村先生大全集)》196권이 있다.

유우석(劉禹錫, 772~842) : 당나라 낙양(洛陽, 지금의 하남성 낙양시(洛陽市)) 사람으로 자가 몽득(夢得)이고 시호(詩豪) 또는 유빈객(劉賓客)이라고 불렸다. 덕종(德宗) 정원(貞元) 9년(793)에 유종원(柳宗元)과 함께 진사에 급제한 후 왕숙문(王叔文)의 정치개혁에 동참하였다가 왕숙문이 실각하자 낭주(朗州, 지금의 호남성 상덕시(常德市)) 사마(司馬)로 좌천되었다. 10년 후 다시 중앙으로 소환되었으나 그때 지은 시로 비판을 받아 다시 연주(連州, 지금의 광동성 연현(連縣)) 자사(刺史)로 전직되고 이후 기주(夔州), 화주(和州), 소주(蘇州) 등지의 자사를 역임했다. 만년에는 검교예부상서(檢校禮部尙書) 겸 태자빈객(太子賓客)을 지냈고 사후에 호부상서(戶部尙書)에 추증되었다. 그는 환관의 횡포, 번진 세력의 할거, 정치권력에 대하여 풍자와 비판을 아끼지 않았다. 시문집으로《유몽득문집(劉夢得文集)》30권과《외집(外集)》10권이 있다.

유창(劉敞, 1019~1068) : 송나라 임강(臨江) 신유(新喩, 지금의 강서성 장수(樟樹)) 사람이다. 자는 원보(原父) 혹은 원보(原甫)

이다. 경력(慶曆) 6년(1046) 동생 유반(劉攽)과 함께 진사에 급
제한 후 여러 관직을 지냈다. 강직한 성품과 함께 학문에 조예가
깊어 송나라 영종(英宗)에게 강해하기도 했다. 유가 경전을 비롯
해 천문지리 의술, 불가와 도가, 역사 등 모든 분야에 해박하였
다. 특히《춘추》에 관한 저서가 뛰어나다.《공시선생집(公是先生
集)》이 있었으나 전하지 않고 지금 전하는《공시집(公是集)》54
권은 청나라《영락대전》에 전하는 것이다.

육유(陸游, 1125~1210) : 남송(南宋) 산음(山陰, 지금의 절강성
소흥시) 사람으로 자가 무관(務觀), 호는 방옹(放翁)이다. 과거에
응시하였으나 주화파 진회(秦檜)의 농간으로 낙방한 후 오랜 세
월 동안 주화파의 배척을 받았다. 결국 여기저기 떠돌며 막료와
지방관을 지내다 겨우 중앙관직에 올랐지만 '조롱하며 풍월(風
月)을 노래한다'는 죄명으로 다시 파직되었다. 영종(寧宗) 가태
(嘉泰) 2년(1202)에 수사관(修史官)으로《양조실록(兩朝實錄)》
를 편찬한 후 고향으로 돌아가 평생 한거하였다. 초기 시는 형식
적인 측면을 중시했지만 종군 생활을 거치면서 호방하고 격정적
인 필치로 중원의 회복과 오랑캐 섬멸을 주장하는 많은 우국시
를 써 중국 최고의 애국 시인으로 평가된다. 저서로《검남시고
(劍南詩稿)》,《위남문집(渭南文集)》,《노학암필기(老學庵筆記)》
등이 있다.

이섭(李涉, 생졸년미상) : 당나라 낙양(洛陽) 출신으로, 자호는 청계자(淸溪子). 동생 이발(李渤)과 함께 여산(廬山)에 은거하다 산에서 나와 막료로 지냈다. 헌종(憲宗) 때 태자통사사인(太子通事舍人)을 지내다가 오래지 않아 협주사창참군(峽州司倉參軍)으로 좌천되었다. 그곳에서 10년이나 있었는데 사면되어 낙양으로 돌아와 집에서 은거하였다. 문종(文宗) 대화(大和) 연간에 재상의 천거로 태학박사(太學博士)가 되어 세칭 '이박사'라 한다. 《이섭시(李涉詩)》1권이 있다.

장사전(蔣士銓, 1725~1785) : 청나라 연산(鉛山, 지금의 강서성) 사람이다. 자는 심여(心餘), 초생(苕生)이고, 호는 장원(藏園), 청용거사(淸容居士), 정보(定甫)이다. 건륭(乾隆) 22년(1757)에 진사(進士) 출신으로 벼슬은 한림원편수(翰林院編修)를 지냈다. 관직에서 물러나 즙산서원(蕺山書院), 숭문서원(崇文書院), 안정서원(安定書院) 등에서 강의했다. 희곡(戲曲)에 정통하고, 시와 고문(古文)에 능했다. 원매(袁枚), 조익(趙翼)과 더불어 '강우삼대가(江右三大家)'로 일컬어진다. 저서로 《충아당시집(忠雅堂詩集)》, 《홍설루구종곡(紅雪樓九種曲)》 등이 있다.

조하(趙嘏, 806?~852) : 당나라 초주(楚州) 산양(山陽, 지금의 강소성 회안시(淮安市)) 사람으로 자는 승우(承佑)이다. 청년기에 사방을 유람한 바 있으며 대화(大和) 7년(833)에 진사과 응시하였다가 낙방하였다. 낙방한 뒤 장안에 머물며 과거를 준비하거나 여러 막부를 전전하였다. 무종(武宗) 회창(會昌) 4년(844) 진사가 되었다. 회창 연간 말엽부터 대중(大中) 연간 초까지 위남위(渭南尉)를 지냈다가 임지에서 사망한 것으로 알려져 있다. 《위남집(渭南集)》 3권이 있다.

최영년(崔永年, 1856~1935) : 대한제국과 일제강점기의 국민신보 사장, 조선문의 주필 등을 역임한 언론인으로, 경기도 광주 출신이다. 대한제국 말기에 일진회 회원으로 활동했으며 신소설 작가 최찬식의 아버지이다. 필명으로 매하산인(賈下山人, 梅下山人), 매하생(梅下生)이 있다. 설화집 《실사총담(實事叢譚)》과 악부시집 《해동죽지(海東竹枝)》를 남겼다.

황경인(黃景仁, 1749~1783) : 청나라 강소(江蘇) 무진현(武進縣) 사람으로 자는 한용(漢鏞), 중칙(仲則)이며 호는 녹비자(鹿菲子)이다. 성당(盛唐)의 시를 배워 서정성이 뛰어난 작품을 선보였다. 집이 가난해 어려서부터 생계를 위해 애썼으며 나중에 안휘학정(安徽學政) 주균(朱筠)의 부름을 받아 그의 막부(幕府)에 들어갔다. 현승(縣丞)이 제수되었지만 보관(補官)에도 이르지 못하였다. 경사(京師)를 거쳐 섬서(陝西)로 가다 해주(解州)에서

병사했다. 저서에 《양당헌집(兩當軒集)》, 《회존시초(悔存詩鈔)》
등이 있다.

흔들리는 삶에 건네는 서른여덟 편의 한시 이야기

시절한시

© 이지운 2024

인쇄일 2024년 11월 14일
발행일 2024년 11월 21일

지은이 이지운
펴낸이 유경민 노종한
책임편집 권순범
기획편집 유노라이프 권순범 구혜진 **유노북스** 이현정 조혜진 권혜지 정현석 **유노책주** 김세민 이지윤
기획마케팅 1팀 우현권 이상운 **2팀** 이선영 김승혜 최예은
디자인 남다희 홍진기 허정수
기획관리 차은영
펴낸곳 유노콘텐츠그룹 주식회사
법인등록번호 110111-8138128
주소 서울시 마포구 월드컵로20길 5, 4층
전화 02-323-7763 **팩스** 02-323-7764 **이메일** info@uknowbooks.com

ISBN 979-11-94357-04-9 (03800)